ЕЛЕНА ДУБРОВИНА

ЧЕРНАЯ ЛУНА

РАССКАЗЫ

Charles Schlacks, Publisher
Idyllwild, CA (USA)
2016

ЕЛЕНА ДУБРОВИНА

ЧЕРНАЯ ЛУНА
Рассказы

Library of Congress Catalog #

ISBN #: 1-884445-70-5

Printed in the United States of America

First published by
Charles Schlacks, Publisher
P. O. Box 1256
Idyllwild, CA 92549, USA
2016

Иллюстрации Елены Краснощековой

Cover design by Elena Dubrovina

СОДЕРЖАНИЕ

БЕГСТВО

— *П*ани разуме по-российску? — услышала она совсем рядом низкий мужской голос.

Ветер дул с палубы в океан, унося с собой рассыпавшиеся польские слова. Она повернула голову и почти уткнулась лицом в чью-то белую, свеже-накрахмаленную рубашку.

— Пани разуме по-российску? — теперь голос звучал нетерпеливо.

Она подняла голову. Возле нее стоял тот самый русский, который спорил утром с горничной так громко, что его исковерканные итальянские слова доносились до соседней каюты. Она кивнула холодно, не отвечая. Он, как бы ни замечая ее нежелания продолжать разговор, удобно поместил свое огромное тело рядом с ней, тяжело опираясь на перила.

— Я слышал, как Вы разговаривали с мужем по-польски. Из Вашего разговора я уловил, что Вы тоже, как и я, направляетесь в Бразилию. Чертовы времена! Проклятая война! Всех разбрасывает по свету, так, что уже забываешь и кто ты, и где ты, и зачем живешь. Люди без настоящего и будущего. Прошлое, как в тумане. А у Вас есть прошлое?

Он повернулся к ней лицом и посмотрел в глаза. От этого прямого, напряженного взгляда ей стало страшно, внутри что-то оборвалось. Вспомнились давние стихи мужа:

Помню дорогу из вязкости лунной —
Осень по ней одиноко брела,
Отблеск холодный и свет полоумный
Звали с собою меня в никуда.
Плавилось лето на крыше печально,
Медом стекая, как липкий досуг.
Было понятно еще изначально —
Мир — это прошлого замкнутый круг...

Ей вдруг почудилось, что это уже было с ней раньше – и он, и эта палуба, и пронизывающий до костей океанский ветер, уносящий ее и ее прошлое к чужим берегам, в неизвестность, и этот взгляд, холодный и любопытный, скользящий вдоль ее тела, от лица на грудь, в вырез легкой шелковой блузы. Он ждал ответа. Было ли у нее прошлое? Как расскажешь ему о том, что пережила она за последние годы? Потери, страх, бегство, ненависть, всеохватывающую ненависть ко всему и ко всем, даже к мужу, единственному оставшемуся в живых близкому человеку. Но, может быть, именно потому, что выжил он, а не сын, сильная любовь к нему переросла в такую же сильную неприязнь. Она ушла в свои мысли, забыв о вопросе. Он понял, что задел за больное, и молча ждал. Теперь она смотрела на него в упор, и, не стесняясь, разглядывала его. Был он высокий, полный. Темных волнистых волос едва коснулась первая седина. Небольшая, аккуратно подстриженная борода, обрамляла холеное, красивое лицо. Сильные руки крепко держали перекладину палубы. Был он красив той мужской красотой русского барина, что так привлекает женщин. Но глаза! Зеленые, застывшие, неприятно-холодные, совсем не сочетавшиеся с его ласковой улыбкой и мягкой манерой вести разговор.

– Вы меня простите, – сказала она на ломаном русском языке довольно резко, – но я не расположена разговаривать с незнакомцем о своем прошлом. Простите. И повернувшись, направилась прочь.

Он не двинулся с места, только удивленно вскинул брови, и нехорошая улыбка скривила его красивое лицо.

* * * * *

К вечеру ветер затих, океан успокоился. Солнце медленно остывало, и красный гаснущий шар нехотя погружался в серебряную гладь океана. Поверхность воды, подсвечиваемая угасающим солнцем, лоснилась и переливалась, как стальной шар. От этого блеска рябило в глазах и кружилась голова. Барбара задумчиво смотрела на воду и повторяла давно забытые строки мужа:

> Я сплю и не сплю. Я парю над скалой
> На грани времен и на грани бессмертья,
> Но рвется душа в неизвестность порой,
> Где в строчках стихов затерялись столетья,
> Где рифмы сплетают ажурную сеть,
> Где птицы давно щебетать перестали,

И с ангелом белым сражается смерть,
И море застыло, как будто из стали.

* * * * *

Был второй день их путешествия. Збигнев не выходил из каюты. Морская болезнь донимала его. Его знобило, тошнило, кружилась голова. И о каждом неприятном симптоме он докладывал Барбаре, ища ее сочувствия или жалости, но не находя ни того, ни другого, отворачивался к стенке и вскоре засыпал сном здорового человека. К ужину он не пошел, и она отметила, что в душе радуется неожиданной свободе.

После ужина толпа пассажиров высыпала на палубу. Шум вечерней воды, редкие всплески набегавших волн сливались с гулом голосов. Люди знакомились, обменивались новостями последних сводок, любовались вросшей в небо луной, щедро расточавшей густой свет, падавший желтыми пятнами на палубу. Вот в таком странном лунном освещении заметила Барбара своего нового знакомого. Он стоял один, все также крепко впившись руками в перила палубы. Лица его она не видела, но во всей его одиноко стоявшей в лунном свете фигуре было что-то мистическое, притягивающее и отталкивающее. Она хотела проскользнуть мимо, но он резко обернулся, будто ждал ее, и в упор посмотрел ей в глаза прямым, холодным взглядом. Она остановилась в той же полосе лунного света, который связывал их одной таинственной нитью.

– Я Вас ждал. Вы так и не ответили на мой утренний вопрос, а я не представился. Меня зовут Федор Николаевич или просто Федор. Родом я из России, с Волги. Вот уже больше десяти лет скитаюсь по свету. Теперь бегу, как и Вы из Италии, с которой расстался также тяжело, как расстаются с любимой женщиной. А Вас как зовут?

И протянул руку. Он дольше положенного держал ее маленькую ладонь в своей крепкой руке и также опять разглядывал ее уверенным, скользящим взглядом. Она уже не чувствовала страха, и этот открытый и уверенный взгляд ее только немного растревожил. Она облокотилась рядом с ним на перила.

– Меня зовут Барбара. Рада познакомиться.

И замолчала, давая ему возможность закончить осмотр.

Она знала, что красотой никогда не отличалась, той красотой, что так захватывает мужчину с первого взгляда, но было в ней столько мягкости, женственности, что поговорив с ней минуту, хотелось остаться рядом, пригреться, как у расточающей тепло печки.

7

— В Вас есть что-то притягивающее. Я не могу отвести от Вас взгляда. У Вас такая гладкая белая кожа.

И опять прямо и вызывающе посмотрел на нее.

Это была уже наглость. Она знала, что должна повернуться и уйти, но опасность начатой им игры стала ее забавлять.

— Что еще нравится Вам во мне? — спросила она громко, переходя на итальянский так, что проходящая мимо пара удивленно на нее обернулась.

Неожиданно сильная океанская волна ударилась о борт, и брызги холодной воды обдали их с ног до головы. Оба отпрянули и столкнулись. Она рассмеялась и стала вытирать лицо платком. Он последовал ее примеру, а потом вдруг снял теплый шарф, обвивавший его шею, и бережно накинул ей на плечи. Оба почувствовали себя свободнее, и разговор полился легко и непринужденно. Так они познакомились.

* * * * *

Збигнев продолжал оставаться в каюте, чувствуя ее неприязнь, ее нежелание быть с ним. Он остро переживал смерть единственного сына, гибель родителей и ее незаслуженное отчуждение. Относился он к тому редкому типу утонченных мужчин, которые чувствуют и переживают случившиеся неприятности слишком нервно, слишком обостренно. Барбара была для него теперь всем ради чего он жил — его матерью, женой, музой.

Там в Польше перед войной он становился известным поэтом, но вместе с потоком горя, смертей, болезней, разлук, уходила в забытье его слава. Ненужность своего творческого труда он воспринимал тяжело. Писать все равно продолжал, по ночам — лихорадочно, нервно, самозабвенно отдаваясь слову, чувству, бумаге. Ее белизна тянула его к себе, будто видел он на ней очертания любимой женщины. И тогда, рассерженный, неудовлетворенный, неистово наносил на бумагу поток слов, выливавшийся подсознательно из каждой клетки его неуспокоенной души.

Еще со скрипом движется в замке
мой ключ, не отмыкающий печали,
а я уже опять стремлюсь к тебе,
как в первый раз, как птица на причале.
Возьми с собой ты губ моих тепло,
ликера терпкость и ладоней влагу.

И я пишу, и льется на бумагу
Синь глаз твоих сквозь тонкое стекло.

А утром, читая написанное Барбаре, видел по ее молчаливому лицу насколько удалось ему ночное писание. Она никогда не критиковала его стихи, но по аккуратно оброненным словам, он знал, как тонко чувствует она его поэзию. Все сказанное ею, в ней увиденное, каждый штрих ее жизни наносил на бумагу, превращал в слова, образы, размышления. Он проживал ее жизнь, следил за каждым ее шагом. Болезненно переживал он ее начавшееся отчуждение, равнодушие. Он еще больше уходил в свое горе, терзая ее мелочностью, капризами, непониманием. Она и творчество были для него равнозначны, и с ее уходом уходило вдохновение. Не хотелось двигаться, вставать, одеваться. Морская болезнь была предлогом запереться, уйти в себя, ни о чем не думая, ничего не желая, кроме одного – вернуть Барбару. Он томился скукою, мучил ее и себя, повторяя про себя строчки последних стихов:

В ночном затишье звукам время спать,
Уснули рифмы, ритмы и штрихи,
Но пишутся мучительно стихи
Смычком скрипичным в тонкую тетрадь...

– Почему вдруг мир вокруг нас стал распадаться на мелкие раздробленные кусочки? Я пытаюсь соединить их вместе, склеить, а они все равно рассыпаются у меня в руках, как строчки, в которые я хочу уложить слова, а они скользят, дробятся на пустые, ничего не значащие звуки, выливаясь потоком болезненных эмоций.

Он низко наклонил голову и медленно, не глядя на Барбару, прочитал строчки из только что написанного стихотворения:

Океанской волны – то прилив, то отлив.
Я вернусь к тебе солью морскою
под плачущим небом,
И забуду, что был, буду думать, что не был
Поцелуй твоих губ на ладонях моих.
И роняя улыбки на пыльные прутья камина,
Я ловлю светлячков тонкой кистью лучей.
И летит в никуда, в дом чужой и ничей
Моя жизнь, так бесследно прошедшая мимо.

Он поднял голову, и устало взглянул на Барбару.

– Я еще чего-то жду, наверное, чуда, что все будет снова, как прежде.

На мгновение она заметила в его глазах мимолетную искру давно ушедшей надежды. Он встал, притянул ее к себе. Его дыхание тяжело падало на ее плечи. Ей хотелось сбросить его руки, бежать. Он закрыл глаза и, как во сне, стал читать:

Полет, опаленный беззвучным стенаньем.
Шагами измерены все перепутья.
Слова на скрещенье – присяжные, судьи.
И падают звезды, теряя сознанье,
На лживые судьбы.
Устали от бегства до точки бездушья.
Спускаемся ниже – от солнца – в отчаянье.
Излучины счастья – неверно случайны.
И ночь задыхается в вечном удушье,
Как вечная тайна.

Он читал эти стихи, как молитву, как заклинание, выплескивая все свое безнадежье, словно умоляя ее вспомнить их короткие моменты счастья. Она чувствовала, понимала, что он хотел сказать, но в то же самое время злилась на него за его эгоизм, за его погруженность в себя, за любование собственным горем и неумением понять ее. Она устала от него, от его тонкости, чувствительности, душевной и физической неподвижности. Она боялась поддаться его состоянию, потерять желание жить, двигаться, идти вперед, надеяться. От Федора Николаевича веяло подчиняющей, разрушительной силой. Когда он стоял рядом с ней, ей казалось, что он и океанский порыв ветра – это одно целое. Ее качало, сбивало с ног, знобило, а Федор Николаевич стоял твердо, вросший в палубу, будто ветер обтекал его. Он был сильнее ветра, сильнее ее, сильнее всех на свете. Он внушал ей страх, и в тоже время необузданное желание быть рядом, совсем близко. Подчас она ловила себя на мысли, что ей хочется почувствовать его руки на своих плечах, его губы на своих губах. Но он только смотрел на нее долгим, открытым взглядом и оставался в стороне, разжигая ее желание, ее любопытство. Он расспрашивал ее обо всем: о муже, о прошлом, о ней самой, как бы изучая ее всю до каждой мелочи, до каждого изгиба души.

– Мой муж был известным поэтом, – говорила Барбара, словно

эта пустая фраза могла придать Збигневу значимость в ее собственных глазах.

А получалось нелепо, не нужно, и Федор Николаевич, словно понимая ее состояние, переводил разговор на нее, на ее прошлое, на ее интересы. И она, поддаваясь его требованиям, рассказывала. Ей хотелось выговориться, выплеснуть из себя всю накопившуюся боль, усталость, неудовлетворенность. Федор Николаевич умел слушать, не прерывая, заинтересованно, с любопытством человека жадного до чужой жизни, словно изучая соперника, прежде чем нанести свой окончательный, разрушительный удар.

* * * * *

Был последний день их знакомства — еще один день внутренней борьбы, напряженной накаленности, балансирования между «да» и «нет», его игры, холодной и расчетливой. Оба чувствовали, что устали, что подходят к развязке. Она нервничала, теряла ход мыслей. Хотелось забыться, отдаться чувству, плыть по течению в неизвестность, в темную, неведомую, океанскую ночь из душного дня, где липкая, как загустевший мед жара, прилипала к телу, вместе с океанской влагой сползала горячими каплями, томила, расслабляла, словно не солнце, а он впивался в нее горячими губами, касался обжигающими лучами ладоней.

Они сидели в шезлонгах на палубе. Она закрыла глаза, чтобы собраться с мыслями, уйти от этого состояния оцепенелости, тревожной расслабленности, лености, перестать чувствовать его присутствие, не видеть его жаждущего взгляда. И опять вспомнились стихи Збигнева:

Жара страдала за окном, стекая потом вдоль по крыше.
На ветвях жалобно играл свою мелодию Всевышний.
Печаль темнела в облаках, ей тихо вторила тревога.
И кто-то в тишине молил опять прощения у Бога.
Так завершался жаркий день на грани приходящей ночи.
Пел грустно где-то соловей, конец вселенной напророчив.
Клубилась жизнь в бокале сна, с бессонницей в горячем споре.
В лиловом будущем тонул безумный ангел в Мертвом море...

Так тяжело и сладостно горько ей еще никогда не было. Ей мучительно хотелось протянуть руку, дотронуться до лица Федора, бороды, губ. Как сквозь дрему слышала она его ласковый, теплый голос, тонущий в океанской волне, как бы зовущий ее за собой погрузиться в глубину океана.

— Посмотрите на воду, Барбара. Вы видите этих двух белых птиц. Они тоже томятся, как и мы с Вами. Чему Вы противитесь? Мгновению счастья? Как редки эти моменты в нашей кочующей, несчастной жизни. Вы сводите меня с ума. Поддайтесь чувству, не сопротивляйтесь себе, своему желанию. Я вижу, как Вы несчастны, как неудовлетворенны жизнью. Я вижу, как боритесь Вы со своею страстью и не понимаю зачем.

Он взял ее руку и нежно поднес к губам. Она открыла глаза. Две белые, большие птицы кружились над палубой в любовной игре, то взлетая высоко в небо, то опускаясь на воду, приближаясь и отдаляясь от парохода, пока не скрылись из виду.

— В любви всегда побеждает страсть, — продолжал свои мысли Федор Николаевич, — женщине нельзя давать права выбора. Ее надо добиваться, за нее надо бороться, расправить над ней свои сильные крылья, покрыть теплом, нежностью. И она подчинится.

Он вдруг запнулся, увидев ее испуганный взгляд, понял, что зашел в своих рассуждениях слишком далеко. Нежно дотронулся до ее ладони, провел рукой выше локтя, до плеча, остановился, и резко наклонившись, дотянулся губами до ее губ. Она вся напряглась, оттолкнула его. Он выпрямился и отвернулся. Голос его звучал глухо:

— Мы все измучены, устали от бегства в никуда, от войны, от самих себя. Вся наша жизнь состоит теперь из острых углов, впивающихся в тело, терзающих своей остротой. Хочется округлости, простоты, плавности. Таких моментов любви, желания отдать себя, раствориться в небытие, забыться, так мало в нашей кочующей жизни. Берите данное Вам, Барбара, не противьтесь желанию, забудьте обо всем — о прошлом, о будущем, о настоящем. Помните, как у Тургенева: «Завтра я буду счастлив! У счастья нет завтрашнего дня; у него нет и вчерашнего; оно не помнит прошедшего, не думает о будущем; у него есть настоящее — и то не день, а мгновенье».

Он опять нагнулся к ее лицу, поцеловал глаза, покрыл плечи легкими, сладкими поцелуями. Она уже ни о чем не думала, ничего не слышала. Она растворилась в теплоте солнечных лучей, горячности его рук, терпкости его поцелуев. Небо, вода, палуба — все плыло перед глазами назад, в прошлое и только в прошлое. Она знала, что не будет будущего, есть лишь мгновение на грани жизни и смерти.

К вечеру заштормило, и жара спала. Океан тяжело дышал, выплескивая на палубу остатки рассыпающихся волн. Ветер кружил вокруг парохода, будто стараясь накренить его, сбить с намеченного пути. Прохладный, соленый запах океана принес облегчение. Барбара почувствовала себя свободнее. Мысли прояснились, словно спала лихорадка.

* * * * *

Збигнев лежал на кровати, наблюдая, как Барбара тщательно собирается к ужину. Утром, выйдя за ней на палубу, он увидел ее рядом с незнакомым мужчиной, и жгучее чувство ревности, обиды и боли охватило его. Но еще сильнее было чувство задетого самолюбия, нежелания быть униженным в ее глазах. Она его больше не звала, и он опять оставался один, погружаясь в мир своей поэзии.

Одиночество одиноко расползается в воздухе липком.
Дождь сползает по крыше ленивой струей.
В этом зыбком покое такой непокой,
И такая тоска выползает улиткой.

Збигнев смотрел на жену в упор, злясь, что она не обращает на него никакого внимания, погруженная в свои мысли. Она достала из чемодана свой лучший наряд – белое платье из тяжелого шелка, с большим вырезом, плотно облегающее ее стройную фигуру. Это платье ей подарила мама перед самой войной, на день ее рождения, и с тех пор Барбара его никогда не надевала. В нем она чувствовала себя совсем молодой.

Збигнев приподнялся на локте.

– Барбара! – тихо позвал он.

Она медленно повернулась, с трудом переходя из прошлого в настоящее, и ее лицо покрылось краской. Она совсем забыла о нем, о его присутствии, о его существовании.

– Барбара, не ходи, останься со мной. Мне так тоскливо, так не хватает тебя. Я вижу, как ты ускользаешь, уходишь от меня, и я не знаю как, не умею тебя удержать. Я совсем перестал тебя понимать. Ты ненавидишь меня, винишь. Я слишком слаб для тебя. Я плыву по течению, а ты против. Мы оба падаем в пропасть и, цепляясь друг за друга, еще глубже тянем друг друга вниз. Но если я отпущу тебя, ты погибнешь. Я один знаю и понимаю тебя. Я один для тебя в этом огромном, чужом мире. Не уходи.

Он грустно смотрел на нее, и в глазах у него было столько боли, что на одну минуту Барбара поколебалась, но только на одну минуту. Она не могла оставаться с ним наедине, опять выслушивать его жалобы, уверения в любви. Она устала, ей было тесно в каюте, ее тянуло на палубу, к океану. Он, как и Федор, будоражил, обжигал то теплом, то холодом, выводил из состояния равновесия и тянул, тянул в самую глубину. Она села рядом с мужем на кровати, взяла его за руку:

— Я хочу побыть на палубе, дай мне свободу, Збигнев, дай мне дышать. Я задыхаюсь в этой каюте, с тобой. Живи своей жизнью, не проживай мою, оставь меня!

И резко встав, она вышла из каюты, плотно закрыв за собой дверь. Барбара не видела, как Збигнев вышел вслед и медленно поднялся за ней на палубу.

* * * * *

Федор Николаевич ждал ее на прежнем месте. Белые брюки и белая рубашка оттеняли его темный загар и черные вьющиеся волосы. Они стояли на палубе, крепко взявшись за руки, как две белые птицы, готовые к отчаянному полету в неизбежное.

Збигнева охватило странное предчувствие конца. Барбара от него ушла, ее уже не было рядом, и спасти ее и себя он уже не мог. Она плыла от него, как всегда против течения, навстречу неизвестности, гибели. Шатаясь, он с трудом вернулся в каюту и стал лихорадочно писать. Строки плыли перед глазами, расползаясь на бумаге и вновь соединяясь в неясные образы Барбары, погибшего сына, горящей Варшавы, охваченного пламенем родного дома, руин, под которыми погибла жизнь, любовь, творчество.

Холодно небу под тонким ночным одеялом.
Стонет тоска и печалится в клетке скворец.
В вазе холодной стеклянные розы завяли.
Старый цыган нагадал, напророчил конец.
Кажется, будто бы мир вдруг застыл в ожиданье.
Реки замерзли, и в сталь превратилась вода.
Тайнопись памяти, с прошлым навеки прощанье,
Вспышка сознанья – последний полет в никуда...

Закончив писать, он обвел глазами каюту, как бы стараясь вспомнить, где он и зачем. В расширенных глазах было безумие, боль, отчаяние. Будто раненая птица, метался он в клетке каюты, словно ища выхода из нее, освобождения, но были подбиты крылья и заблокированы все выходы в жизнь. Он нагнулся над чемоданом, долго рылся в его содержимом, и, наконец, разогнувшись, достал из него тщательно спрятанный от Барбары пистолет. Страх, словно струя липкой утренней влаги, струился по телу. Оно покрылось горячей испариной. Збигнев нервно зажал в руке пистолет, посмотрел вокруг расширенными, ничего не видящими глазами, и нажал на курок...

* * * * *

Ужин проходил оживленно. Федор Николаевич рассказывал о своем детстве в России, упоминал какие-то связи, много пил, шутил и громко раскатисто смеялся, заражая Барбару своим весельем. Ей было хорошо и бездумно.

— Там в России, — рассказывал он, — у меня было все, о чем можно мечтать – деньги, красивые женщины, хорошее общество.

На какую-то минуту в голове у Барбары промелькнула мысль о его бездуховности, пустоте, но сочность его голоса, обаяние его широкой улыбки, свет его больших, мягких глаз, проникающих в каждую клетку ее тела, влекли ее до головокружения, до полного опьянения. Она погружалась в истому вечера, забыв вдруг обо всем. Ей казалось, что так легко счастлива она еще никогда не была. В его речах, взглядах, касаниях была сладость безумного наслаждения, легкость паутинной сетки, опутывающей ее мелкими стежками все крепче, все сильнее, все настойчивее.

Время летело вперед, приближаясь к развязке, к концу, а ей казалось, что с этого момента только начинается жизнь ее и Федора, их совместное путешествие в завтра. Она не думала больше о Збигневе, о горе, о войне. Она отдавалась моменту, наслаждалась мгновением, о котором мечтала, как о вечности, вечности ее и Федора...

Пароход качало от сильного ветра и разбушевавшейся грозы. Стало свежо и зябко. Нежно обняв ее за плечи, Федор Николаевич уводил Барбару к себе в каюту, не спрашивая ее согласия, словно этот вечер был уже давно предначертан судьбой, решен.

* * * * *

Было далеко за полночь. Она лежала в его каюте, сжавшись в комок, нервно обхватив руками колени. Глаза бессмысленно смотрели перед собой, разглядывая яркий лоскуточек обоев, высвеченный лунным светом через узкое пространство иллюминатора. Она не знала, сколько времени они провели вместе. Было холодно. Как сквозь сон слышала она его голос.

— Любовь — это что-то вялое, размокшее, неопределенно-растянутое. Ее я не признаю. Для меня существует только страсть, одноминутная, всепоглощающая — та, что испепеляет, истощает, сжигает все, что накопилось внутри — злость, ненависть, боль. Знаете такое выражение «испепеляющая страсть»?

Но Барбара уже не слушала его. Ей было гадко, противно, именно от того, что она больше ничего не чувствовала, лежа рядом с этим чужим, холодным человеком, от того, что было пусто внутри. Не было вчерашней боли, сегодняшней любви. Ушло мгновение. Их больше ничего не связывало, ни его, заблудившегося в пустоте своего существования, ни ее, погибающей от неумения жить в этом непонятном, жестоком мире. Океан пел свою монотонную, убаюкивающую песню о чьей-то погибшей жизни. Луна, то появлялась в иллюминаторе, то пряталась за облаками, словно страшась, как и она, окончания ночи и наступающего рассвета. Приближались к концу последние часы бегства.

ОДИНОЧЕСТВО

От одиночества и от недоуменья
Здесь умерла душа...
Георгий Адамович

Историю эту, случившуюся в октябре 1935 года, долго передавали из уст в уста. Слухи ходили самые разные и невероятные – русский Париж был потрясен неожиданной и странной смертью молодого, русского поэта. Никто не знал подробностей его смерти. Одни говорили, что это было самоубийство, другие – убийство или случайная смерть. Было много версий, догадок и предположений. Однако газеты писали, что был он отравлен чрезмерной дозой наркотиков каким-то проходимцем, который побоялся умирать в одиночку и потому прихватил с собой Артура Яблонского. Почти во всех парижский газетах на следующий день был напечатан его портрет в траурной рамке с подробным и в то же время неясным описанием его гибели. Смерть молодого поэта оставалась для его друзей такой же загадочной и таинственной, как его жизнь, и его поэзия.

Его нашли рано утром в маленьком магазине женской одежды, который принадлежал его матери. В комнате стоял странный запах дешевых французских духов и смерти. Он лежал в небольшой полутемной комнате, густо увешанной дорогими, модными платьями. Умер он, вероятно, во сне, повернувшись лицом к стене. Ушел из жизни большой поэт, ушел в тот неизвестный, фантастический мир, в тот сон или полусон, в котором он пребывал все последнее время, ни с кем не попрощавшись, но оставив после себя черную, глубокую пропасть, наполненную до краев тайнописью его видений, одиночеством, нищетой.

В день похорон Артура Яблонского стоял холодный, осенний день. Серое небо тяжело нависло над городом. Осенний мелкий дождь монотонно накрапывал, отбивая на крышах какую-то грустную, прощальную мелодию. В глубоких лужах копошились мятые, желтые листья. Узкая улица бедного парижского квартала была запружена любопытными – люди приходили со всех уголков Парижа. А в конце ее, в небольшой русской церкви с бледными, цветными стеклами было необычайно многолюдно – ведь в этот холодный октябрьский день отпевали великого русского поэта. Кроме тех, кто знал Артура Яблонского, было много любопытных, неизбежно посещавших всевозможные похороны и панихиды. Люди стояли тихо, только иногда доносились женские всхлипывания и редкий шепот сочувствующих. Едва мерцали в руках дешевые французские свечи, капал на пол горячий воск. Шум осеннего дождя доносился сквозь открытую дверь. Панихида была долгой. Выступали друзья и просто знакомые. Кто-то прочитал строки из его стихотворения:

И уже над бездной в пустоту
Зазывает смерть своих прохожих,
Занимайте место, лучше в ложе!
Пляшет дождь со смертью на мосту.
И из серой тучи в небе мрачном
Призывает нас к себе Господь.
В мир иной зовет живую плоть
Жизни, что прожили неудачно,
На пороге смерти, нет, не плача,
С будущим играя, будто в мяч,
Посмотрев на мир теперь иначе,
На иную вечность променять.

Артур Яблонский не дожил до зимы. Через неделю ему должно было исполниться тридцать лет.

– Сегодня мы потеряли друга, а Россия и эмиграция – великого поэта. Он погиб слишком рано, так и не успев до конца раскрыть свой талант, свое видение и философское понимание мира. Трагедия поэта заключается в безысходности, изоляции, одиночестве на чужой земле. Вся русская эмиграция плачет сегодня вместе с нами о рано ушедшем из жизни большом русском поэте, – закончил свою речь последний из выступающих.

* * * * *

Мона одиноко стояла недалеко от гроба, в стороне от толпы, загипнотизированная словами его друзей, отдающих дань его жизни и его поэзии. Они открывали ей мир его загадочной, так глубоко страдавшей души. Она внимательно слушала речи выступающих, думая о нем и вспоминая то короткое и счастливое время, которое было даровано им Богом и судьбой.

Его хоронили на русском кладбище Сент-Женевьев-де-Буа. Октябрьские парижские дожди оплакивали в эту ночь нищего парижского скитальца и великого русского поэта...

* * * * *

Друзья всегда удивлялись, почему даже ночью Артур Яблонский носил темные очки. Он всегда выделялся среди других своей незаурядной внешностью и умом. Был он высок, широк в плечах, по которым рассыпались длинные, темные волосы. Он был остер на язык, прекрасно образован, и его остроумные замечания часто передавались из уст в уста.

Конец сентября в тот год в Париже был необычно жарким. Влажный воздух обволакивал пеленой, мешая видеть, думать. Артур не мог прожить дня, чтобы не размышлять о цели жизни, смысле своего существования. Он видел мир не только глазами, но и сердцем. Все образы, переполнявшие душу, он наносил на бумагу. Они выливались в строчки стихов – эмоциональные, глубокие, существующие вне реальности, как бы продиктованные невидимой рукой Всевышнего.

> В этой шумной ночной суматохе
> Ни души, только пуля насквозь.
> И танцуют слепцы-скоморохи
> На платформе в скрипучий мороз.
> И цветы неживые на клумбах, –
> Чтобы их нелюбимым дарить,
> Сколько было их, нищих Колумбов,
> Не умеющих смерть победить.

В воздухе еще чувствовалась жара, но с реки уже потянуло прохладой. Стало легче дышать. Жизнь его проходила монотонно в ночных прогулках по городу, в раздумьях о своем земном существовании, о цели его, о смерти. Несколько раз он навещал друзей в Ницце, но путешествие стоило денег, которые появлялись у него редко. Последнее время он много гулял вдоль Сены, восхищаясь красотой узких, средневековых улиц. Вечером он шел той же дорогой на Монпарнас, в кафе Ротонда – центр артистического и интеллектуального мира – для того, чтобы пообедать и пофилософствовать с друзьями-поэтами. И, несмотря на то, что красота Парижа вдохновила многих поэтов и писателей, художников и музыкантов, архитектура города его не вдохновляла. Он был одинок, изолирован, замкнут в своем собственном мире, внутреннем одиночестве.

Артур Яблонский устал от каждодневной борьбы за выживание, от нищеты, от бесконечного поиска своего собственного «я». Он был русским поэтом без родины, без дома, без любви, забытым на родной земле и не принятым на чужой. Материальное неблагополучие, точнее сказать, полнейшая нищета, внутренний, глубокий разлад с действительностью, богатство его духовного, внутреннего мира и убожество внешнего, непонимание со стороны многих друзей и родных, отсутствие слушателя, сложность и стихийность его многогранной и одаренной натуры – делали его изгоем, лишним человеком. Невыносимость бытия – духовного и материального – заставляли его погружаться глубоко в себя, делали замкнутым и отдаленным. А в стихах – предельная обнаженность, крик потерянного до отчаяния человека:

> Есть только миг, но как преодолеть
> И как увидеть вечность в пустоте,
> Как жить и быть, не отвергая смерть,
> И ждать восхода на пути к Тебе.

Под ногами не было реальной почвы, жизнь и сон сливались в одну долгую бессмысленную вечность, без будущего, без настоящего. Оставалось только прошлое, туманные воспоминания о России, о счастливом детстве, но и эта память со временем бледнела, гасла, как вспышка, как отражения ночных фонарей.

Кафе Ротонда в тот вечер еще было полупустым, и ему без труда удалось найти столик у окна. Артур оглядел зал. Было несколько знакомых лиц – в углу, напротив, сидел известный художник-экспрессионист рядом с молодой, полной дамой, попавшей сюда, вероятно, впервые. Пара молодых людей что-то бурно обсуждала за чашкой кофе. Артур быстро просмотрел меню, но молодой официант долго не подходил. Наконец, он заказал свой обычный дешевый обед – луковый суп и кусочек жареного цыпленка. Постепенно зал стал наполняться завсегдатаями. Сегодня кафе было переполнено русской литературной элитой и русскими аристократами, как всегда громко обсуждавших текущие события в России и новые сведения об убийстве царской семьи. Только теперь начали они понимать невозможность возвращения. Артур внимательно прислушивался к разговору за соседним столиком — обсуждали философский трактат Бердяева «О самоубийстве». Тема была интересной и волнующей. В последнее время в Париже участились случаи самоубийства среди эмигрантов.

Артур в разговор не вступал, была какая-то апатия, безразличие к происходящему вокруг. Он заканчивал свой обед в одиночестве, допивая чашку крепкого кофе и прислушиваясь к разговорам за соседним столиком, когда перед ним появился красивый, молодой человек в больших очках и вьющимися темными волосами. Они дружески поздоровались. Молодой человек был его хорошим знакомым, бедствующим поэтом, который, как и Артур, искал свою правду в этом чужом и жестоком мире. Они часто уходили из кафе вместе, дискуссируя и философствуя о смысле жизни. Стефан, так звали его знакомого, никогда не был оптимистом, и выживание в этом незнакомом мире стало для него настоящей трагедией. Ребенком его оставили родители на попечение бабушки. Совсем недавно они перебрались из Софии в Париж, где родилась бабушка. Стефан свободно говорил по-русски и по-французски. У него была тонкая, отзывчивая душа поэта, и он видел в Артуре такого же неприкаянного чужестранца, как и он сам. Стефан боготворил Артура.

— Привет, Артур. Где ты пропадал? Я тебя ищу с воскресенья. О тебе здесь кто-то спрашивал, молодая дама, наверное, одна из твоих поклонниц. О, между прочим, она должна быть сегодня здесь. Подожди меня.

И не давая ему возможности ответить, исчез из виду. Он долго не возвращался, и Артур уже направлялся к выходу, когда молодой человек снова его окликнул. Артур почувствовал на своей спине чей-то пристальный взгляд и обернулся. Рядом со Стефаном стояла привлекательная женщина, на вид лет около сорока. Без колебания, она смело протянула ему руку.

— Меня зовут Мона, — она говорила на чистом, русском языке, хотя и выглядела настоящей француженкой — с короткой стрижкой, на высоких каблуках и облегающей модной, длинной юбке. Яркий шелковый шарф обвивал ее шею. Лицо Моны освещала радостная улыбка. Он внимательно разглядывал ее сквозь темные очки — женщина действительно была прехорошенькая. Она, не замечая его пристального взгляда, продолжала говорить:

— Дело в том, что я Ваша кузина. Возможно, Вы никогда обо мне не слышали. Вы жили в Санкт-Петербурге, а я жила в Риге. Я дочь брата Вашего отца. Они много лет не разговаривали. После смерти моих родителей я приехала в Париж к моей тете по линии мамы. Когда я первый раз пришла в это кафе, я слышала, как кто-то читал Ваши стихи и, таким образом, я узнала Ваше имя. Я так счастлива встретить здесь, на чужой земле, родную душу. Так счастлива!

Мона повторила «счастлива» несколько раз, и, взяв его за руку, потянула к выходу на улицу. Он был озадачен этой неожиданной встречей и рад ей в то же время. Артур не знал, как выразить ей свою благодарность за то, что она разыскала его в этом огромном, чуждом ему мире. Наконец, почувствовав неловкость своего молчания, он заговорил:

— Мона, Мона…. Какое редкое имя. Почему Мона? Я тоже очень рад, что я нашел свою кузину, которую не видел с детства. А Вы действительно моя кузина?

— Теперь, — думал он, — мы будем гулять вдвоем по моим любимым парижским улицам, и у меня будет и слушатель, и собеседник, и настоящий ценитель поэзии. Так рассуждал он про себя, продолжая внимательно изучать ее выразительное лицо.

— Чем же Вы занимаетесь целыми днями? Это лето было такое жаркое. Могу я проводить вас до дому? — сказал он и посмотрел на нее сквозь очки, мягко улыбнувшись.

— Сколько же ей лет? — думал он, все так же продолжая ее разглядывать, — Наверное, сорок, а может и больше, но это не имеет никакого значения. Может быть, теперь это будет одиночество вдвоем.

— Вы спросили меня, почему меня назвали Моной. Это сокращение от Дездемоны. Но, пожалуйста, продолжайте звать меня Моной. Я люблю Шекспира, но терпеть не могу свое имя. Я ненавижу трагические концовки, ни в литературе, ни в жизни. Я не могу думать о смерти. Я ее панически боюсь. Однако я заметила, что в Вашей поэзии Вы часто обращаетесь к смерти, как к единственному пути спасения от нашей нищенской жизни и страданий. Ваша предрасположенность к смерти меня пугает. Вы действительно думаете, что смерть есть единственный выход из страданий? Мы все, сознательно или несознательно, имеем в жизни какую-то цель, которую мы стремимся постичь. Трагедия же заключается в том, что мы часто стремимся к вещам, которые для нас недоступны, выше наших сил и обстоятельств, в которые мы попали. Тем не менее, это не значит, что мы должны перестать желать и не иметь в жизни цели. Но думать о смерти, как о единственном избавлении от страданий? Я всегда считала, что есть другие средства преодоления трудностей. Я считаю Вас человеком очень сильным. Так почему же тема смерти так часто звучит в Ваших стихах?

Она серьезно на него посмотрела, но он только слабо улыбнулся ей в ответ, и, стараясь подобрать правильные слова, заговорил:

— Моя дорогая Мона, многие сейчас видят смерть, как единственное спасение, единственный выход из мрачного лабиринта, в котором мы сейчас находимся. Возращение в Россию, домой — это иллюзия. Жить здесь, на чужой земле — это нищета и страдание. В этом и заключается наша сегодняшняя трагедия — трагедия творческого человека на чужой земле. Мы живем в вакууме и пишем в пустоту — нет читателя, нет слушателя.

Мона задумалась. Она была еще слишком молода и полна жизни, чтобы думать о смерти.

Стало прохладно, черная, ночная тень накрыла дома, и улицы постепенно опустели. Мона жила недалеко от него со своей престарелой тетей и собакой. В течение дня она рисовала, а вечером гуляла с собакой по опустевшим улицам Парижа. Это была ее обязанность — прогуливать на ночь собаку.

— Вы рисуете?

Он был приятно удивлен.

— Вы действительно художница?

— О, нет. Это звучит слишком громко. Я просто любитель, никогда не училась живописи, но моя жизнь без этого была бы пуста. Дело в том, что я недавно потеряла мужа, он очень болел. Я думала, что переезд в Париж ему как-то поможет. Я не смогла его спасти. Не смогла. Но не смотрите на меня с таким сожалением. Он был очень хорошим и добрым человеком, намного меня старше. Мы были большие друзья, но я никогда его не любила, хотя я очень уважала и его, и его работу. В Риге он был архитектором, талантливым архитектором. Там у него была жизнь. Теперь я не хочу туда возвращаться. Я рассказываю вам все это только потому, что вы мой кузин.

И внезапно осознав, что она слишком много говорит, замолчала.

— Пожалуйста, продолжайте, ничего от меня не скрывайте. Так значит у Вас, кроме меня, нет других родственников в Париже. Так? Я прав?

— Почти правы. Вы забыли упомянуть мою тетю. Но, пожалуйста, снимите ваши темные очки. Я хочу увидеть Ваши глаза, хотя бы один раз. Мне так, в очках, трудно с Вами говорить. Можно я их сниму? – И она протянула руку, чтобы их снять.

Он перехватил ее руку выше локтя и почувствовал ее прохладную, нежную кожу.

– Только один раз, и только для Вас.

Смеясь, он снял очки и посмотрел на Мону. Они остановились лицом к лицу под уличным фонарем. Полоса света падала на его бледное красивое лицо.

– О, Боже! Ваши глаза светло-зеленого цвета, почти как мои. Почему вы носите очки ночью?

– Почему? – улыбнулся он. – Наверное, потому, что я хочу выглядеть таинственным и неузнаваемым, или даже невидимым. Он сузил глаза, будто бы стараясь лучше ее рассмотреть.

– Но получается-то совсем наоборот – каждый Вас заметит и запомнит потому, что Вы единственный человек, который носит ночью темные очки, – заключила она, все еще не сводя глаз с его лица, как бы стараясь лучше его запомнить.

Они оба рассмеялись, и он снова надел очки. И только теперь она поняла, что он был близорук, и это была его единственная пара. Она ничего ему не сказала, и умело перевела тему на его поэзию.

– Я знаю Ваши многие стихи наизусть. Она снова взглянула на него, чтобы увидеть его реакцию. Он был искренне удивлен.

– Это мое любимое, – сказала она и стала читать:

Из царства Киммерийского плывет
такой тоской зеленый полусвет.
В игре теней дробится звездно лед.
Под мертвым солнцем – черный, мертвый свод,
и белизна неосвещенных лиц,
полутонов безликих карнавал.
И солнце мертвое – чернеющий опал
в овале провалившихся глазниц.
И только ветер то легко, то круто
Швыряет мглу из черной пасти утра...

Она закончила читать и опустила голову, боясь на него взглянуть.

– Я не помню своих стихов наизусть. И почему Вы выучили именно это стихотворение? Чем тронула Вас тема мертвого солнца?

– Прежде всего, меня поразила сама идея мира, в котором нет света и солнца, когда вся жизнь проходила бы в полной темноте.

Означает ли это, что вся радость нашего существования может погрузиться во тьму, и наше жизнь станет такой же мрачной, как сама ночь? Что же такое наше счастье? Может быть, это свет вокруг и внутри нас самих, тот свет, которым мы обмениваемся друг с другом, поток позитивной энергии. Мертвое солнце…. Я не могу себе этого представить. Это так страшно, – она на секунду задумалась, а потом продолжала, – помните, что писал Кант. Наш мир существует таким, как мы его видим, и только когда мы видим его, он существует. Когда мы отворачиваемся от него, он исчезает. Значит ли это, что мир существует только в нашем сознании? Трудно представить жизнь в темном пространстве, когда ты ничего не видишь вокруг себя, когда ничего нет ни вокруг, ни внутри – ночь и вакуум. Я не могу себе это даже вообразить.

– Мона, к сожалению, здесь нас окружает темнота, мы живем в пустоте, люди без родины, без твердой почвы под ногами, без родных и друзей, мы живем не в материальном мире, а именно в вакууме. Ты хочешь опереться на дружескую руку, а твоя рука погружается в пустоту. Да, у нас есть небольшой круг друзей, но каждый борется за свое собственное выживание.

Он на минуту погрузился в молчание, а затем прочитал строки своих стихов.

Боюсь проснуться в одиночестве,
Цветных обоев желтизна,
край облака, углов отточенность –
окно и книги – жизнь моя.

Они подошли к ее дому. Это был старый кирпичный дом с широкими окнами, выходящими на узкую средневековую улицу. Оба остановились, не зная, что сказать. Он заговорил первым:

– Я рад, что Вы нашли меня, Мона. Теперь наши души навеки соединены. Может быть, эта встреча поможет нам преодолеть одиночество, и все, что раньше казалось таким ненужным и ничтожным, приобретет смысл. Хотите встретиться снова, скажем, завтра? – Улыбаясь, он посмотрел на нее в ожидании ответа.

– Да, конечно же, я хочу Вас снова увидеть, Артур. Мы можем вместе прогуливать мою собаку. Я уверена – она Вас полюбит. А потом…

– А потом мы пообедаем где-нибудь в маленьком тихом ресторанчике. Я знаю один такой, недалеко отсюда, – прервал он ее.

И поцеловав ее в щеку, зашагал к дому.

Артур медленно шел домой по улицам спящего города. Была странная, таинственная тишина. На небе одинокий месяц низко свисал над городом, ярко освещая пустынную, ночную улицу, и новые строчки стихов бессознательно складывались в его голове: «Месяц к точке вселенной прирос наугад, словно к нему пристал золотой леденец». В ночном воздухе он слышал музыку и ощущал эту легкую мелодию тишины, и тихую мелодию счастья.

– Любовь – думал он, – это источник энергии и источник эмоций, которые вдохновляют нас на великие дела. Кто же побеждает в этой борьбе за жизнь – любовь или смерть?

Ему хотелось скорее вернуться домой и сесть за свою печатную машинку. Новые строчки уже просились на бумагу. «Мона, Мона, Мона…». Ее имя звучало как музыка, как дивная мелодия счастья: «Мона, Мона, Мона…».

* * * * *

Артур жил поэзией. Поэзия была для него способом самовыражения. Она была для него раем, домом для его души. В этом доме он чувствовал себя счастливым – он мог открыться, философствовать о жизни. Большую часть времени он жил и разговаривал с самим собой, в полной изоляции от внешнего мира – это было время творчества, когда он погружался в глубину своих мыслей и чувств. Несоответствие между богатством его внутреннего мира и нищетой его существования, полное непонимание его близкими друзьями делали его замкнутым и отрешенным от того мира, где ему пришлось существовать.

Стихи Артура были необычны, похожи на сон или бред, бормотания, одурманенного образами и стихией человека. Его поэзия отличалась от поэзии его соотечественников странными, искаженными образами, обилием красок, философичностью, глубиной и трагизмом его мировосприятия. Все свои мысли он записывал в дневник, который никогда и никому не показывал. Мысли о смерти не давали ему покоя.

Но, вернувшись домой после встречи с Моной, он впервые записал в своем дневнике: «Сегодня самый счастливый день в моей жизни. Я встретил Мону. В глубине души я знаю, что она именно та женщина, которую я искал – мы видим и чувствуем мир вокруг нас, как один человек, две родственные души, затерянные и забытые в этом огромном, бездушном мире. Сегодня первый день в моей жизни, когда я не думал о смерти, как единственном выходе из моего жалкого существования. И все же, я чувствую, я боюсь, что уже ничего не может сделать меня счастливым. Смерть – это полет в неизвестность, поиск другого, лучшего мира. То же и Бог. Я понимаю его, его сострадание к тем, кто страдает, потому что он сам глубоко страдал. Как может он нам помочь? Но, может быть, Мона принесет в мою жизнь тот недостающий мне свет, поможет мне уйти от постоянных мыслей о тщетности моего жалкого существования. Я не должен больше принимать наркотики, которые помогают мне на какое-то время забыться, погрузиться в сон, иллюзорную нереальность». Затем он добавил несколько новых строчек стихов, только что сложившихся у него в голове:

Осенняя дорога струилась прямо к небу,
От дыма сигарет зачах на ветке дрозд,
Безжизненное солнце покрыто было снегом,
К обледеневшей туче последний луч прирос...

Поникли на дворе вчерашние гвоздики,
На клумбе увядал какой-то старый куст.
И тени на стене – бесцветны и безлики,
А мир вокруг – безумен, страшен, пуст...

Артур закрыл дневник и убрал его в ящик стола. Потом долго ворочался в кровати – не мог уснуть, строчки стихов наводняли, формировались новые мистические образы жизни и смерти, вспомнился город, где он родился и вырос:

А над Невой серебром
Лунные диски дробятся,
Словно распято на пяльцах
Небо под острым углом.
Звезды летят в водопад,
Свет фонаря вечереет,
Город в молчанье немеет.
Скрипки звучат невпопад...
Легкая тень из глубин
В облачном небе струится.
Мир искаженный снится
В тонкой сети паутин...

Он видел во сне Мону, излучающую такой яркий свет, который прорезал темноту и протягивал к нему свои тонкие искрящиеся лучи. Он ощущал их тепло, и его наполняло чувство радости. Он уснул только тогда, когда первые солнечные блики заиграли на оконном стекле, пробиваясь через темные плотные занавески.

Когда Артур проснулся, окно почему-то оказалось открытым, и он почувствовал поток холодного, осеннего воздуха. *Осень...* – подумал он, – *первый день октября*. Его мать уже ушла в свой бутик. Горячий завтрак ждал его на кухонном столе. Для матери он все еще был маленьким ребенком. Ей хотелось, чтобы он вовремя поел и хорошо высыпался, и это было ее главной заботой, но она не видела и не понимала, что его метущаяся душа искала покоя.

Артур лениво потянулся и сбросил одеяло. Завтракать он не стал, а только выпил стакан холодного молока и тут же вернулся к печатной машинке. Но прежде чем писать, ему вдруг захотелось пролистать старый альбом с видами Санкт-Петербурга. Это была его любимая книга, та дорога, которая вела его в город, где прошло его счастливое детство. На 26-ой странице была фотография Невского проспекта. Здесь часто гулял он со своим отцом, расстрелянным большевиками. Там, вдали, виднелось здание, где жила его большая и дружная семья. *Как давно это было*, – думал он, листая глянцевые страницы альбома. И новые строки стихов уже слагались у него в голове, и он поспешно заносил их на бумагу:

... Утро в чайнике остыло...
Разноцветные осколки
Улеглись на пыльной полке
Отголосками сознанья
Из страны «Воспоминанья».

Его поэзия шла из самой глубины его сердца с потоком невыносимой боли, и только закончив писать, он чувствовал, как медленно утихала эта боль. Иногда ему казалось, что это не он писал стихи, а какая-то невидимая рука водила его пером, рисуя на бумаге незнакомые слова. К тому времени, когда он закончил писать, солнце уже ушло за горизонт, но странная красная подсветка еще окрашивала темнеющее небо. Неожиданная мысль о том, что он скоро увидит Мону, наполнила его радостным, давно забытым чувством ожидания встречи с любимой женщиной.

* * * * *

Артур долго звонил в дверной звонок, до тех пор, пока Мона не открыла дверь. Она была одета в простое белое платье, на плечи накинута русская, цветная шаль. Длинные, темные волосы были перехвачены лентой и обрамляли ее прекрасное, бледное лицо. Когда она увидела Артура, счастливая улыбка осветила его.

— Я думала, что Вы обо мне забыли и никогда не придете. Я уже и собаку прогуляла без Вас. Вы пропустили самую приятную часть нашего вечера.

Он услышал, как наверху залаяла собака, как бы в подтверждение ее слов.

— А не могли бы Вы меня ей представить? Я уверен, что мы стали бы друзьями, — спросил Артур, смеясь.

— Как наказание за Ваше опоздание, я отвечу на Ваше предложение отрицательно. И, между прочим, я еще не обедала.

Она посмотрела на него с укоризной.

— Я тоже. Как раз время.

И взяв ее за руку, он поспешил в том направлении, где находился ресторан.

Прохожих на улице было мало. Солнечная подсветка давно исчезла, и вместо нее на черном небе появился огромный янтарный шар, излучающий на землю тончайшие серебряные нити. Луна дружески им улыбалась, а лунная дорожка расстилалась перед ними, как путь к другому, лучшему будущему.

Русский ресторан назывался «Ностальгия» и принадлежал бывшему генералу Белой армии, и его жене. Хозяева рестораны были приветливы и дружелюбны, они знали Артура и высоко ценили его поэзию. Ресторан был небольшим и очень уютным. На стенах, выкрашенных в красный цвет, что придавало ему особую праздничность, были развешаны картины известных художников русского Зарубежья, тех, кто жили от продажи своих работ.

— Это же шедевры, настоящие произведения искусства! — воскликнула Мона, обводя глазами стены.

Яркие картины, написанные масляными красками, изображали природу России — тонкие, изящные березы вдоль проселочных дорог, темно-синие извилистые реки с крутыми берегами, плывущие вдаль, в черную неизвестность — все это вызывало ностальгические чувства, тоску по утерянной родине.

Столы в ресторане были накрыты белыми, накрахмаленными скатертями с одной красной розой посредине в маленьком хрустальном стакане. Горели свечи. Но самой достопримечательной чертой ресторана было его меню, которое включало русский борщ, грибной суп с перловой крупой, солянку, пельмени, блины с красной икрой и цыплят-табака. Они закали грибной суп и котлеты в белом соусе. В ресторане было полупусто. В противоположном углу обедали еще две пары, но они были поглощены своими собственными проблемами и не обращали на Мону и Артура никакого внимания. А им казалось, что были они одни на этом маленьком острове, так напоминающим им о прошлом. Он не мог отвести глаз от Моны. Она была счастлива, от нее исходил какой-то дивный свет, и она говорила без умолку.

— Артур, разве это грех? Мне кажется, что я теряю голову, находясь с тобой рядом, — теперь они уже перешли на «ты» — я ведь намного тебя старше. Но разве это имеет значение, когда любишь, когда чувствуешь родную душу? О, наверное, мне не стоило этого говорить. Так ведь, Артур? Ты мой кузин, мой родственник, но сейчас все это не имеет никакого значения, когда две души, затерянные и одинокие в этом огромном мире, нашли друг друга и счастливы. Ты счастлив, Артур?

Она протянула к нему руку. Он накрыл ее маленькую ладошку своей рукой.

— За всю свою жизнь в Париже я никогда не чувствовал себя счастливее. Ты, как луч солнца, который осветил мою мрачную жизнь. Бог услышал мои молитвы, Мона. Ты — подарок судьбы. И ты права, совсем неважно, сколько нам лет, как мы выглядим. Единственное, что сейчас важно, это то, что мы чувствуем и как мы друг друга понимаем. Последнее время я часто думал о бесцельности своего существования. Я видел только тьму и холод, а ты принесла в мою жизнь свет и тепло.

Он взял ее руку в свою и нежно поцеловал. Они заканчивали обед. Свеча еще горела на столике, и желтые блики ее отражались на их счастливых лицах. Пришло время закрывать ресторан, и они покинули это гостеприимное место, крепко взявшись за руки, с переполненными от счастья сердцами.

Ночь была тихая и безветренная. Воздух был наполнен первыми запахами осенних, опадающих листьев. Впервые он почувствовал гармонию — на душе и в сердце его царил покой. Мона излучала вокруг себя любовь, и он с благодарностью принимал этот поток позитивной, искрящейся энергии, которой ему так недоставало. Они шли вдоль Сены. Чувство нирваны охватило все его существо — никогда еще не было ему так хорошо и так спокойно. Ему хотелось держать ее в своих объятьях и целовать, целовать всю ночь, до самого рассвета, но он боялся обидеть ее своей нетерпимостью. Неожиданно она остановилась и повернула к нему свое разгоряченное лицо.

– Поцелуй меня, Артур, – сказала она просто, – разве это не то, что тебе сейчас хочется…?

И приподнявшись, она обвила руками его шею. Он опустил голову, дотронулся губами до ее губ….

Эту ночь они провели вместе в маленьком, дешевом отеле и проснулись одновременно, рано утром. Ощущение жизни было ярким и светлым. Темные тона исчезли, перешли из ночных в солнечные, утренние краски. Любовь изменила их бесцельное существование – теперь оно имело смысл. Они оба обладали сейчас той силой, которая могла изменить их жизнь, сделать ее счастливой.

* * * * *

Был уже поздний вечер, когда Артур возвращался домой. Все вокруг него пело, осенний прохладный воздух был наполнен радостными музыкальными аккордами, и луна, круглая и веселая, улыбалась ему издалека своей магической, яркой улыбкой, распыляя вокруг него таинственный серебряный свет. Он не мог отвести от нее взгляд. Она сияла над ним и притягивала к себе, как магнит, а может быть, это была другая планета, где жили другие, счастливые люди, куда и он, и Мона, когда-нибудь попадут.

– Может быть, это была та планета, где их души найдут мир и покой, – так размышлял он, наступая на осенние лужи, в которых копошились, как бабочки, первые желтые листья.

Приближаясь к дому, он заметил при бледном свете луны одинокую фигуру мужчины. Сердце его почти остановилось в предчувствии чего-то непостижимого, страшного, что могло произойти.

– О, Господи, только не сегодня, пожалуйста, только не сегодня…, – прошептал он в ночь.

– Почему ты разговариваешь сам с собой?

Артур услышал рядом знакомый голос Стефана. Его лицо под желтыми лучами луны было искажено болью.

– Он опять принимал наркотики, – промелькнуло в голове Артура, и его охватила паника.

– Послушай, Стефан, – он обнял товарища за плечи, – почему ты снова это сделал, ведь ты обещал. Мы дали друг другу слово. Ты слышишь меня? Ведь ты же мне обещал!!!

Безразличное выражение на лице Стефана не изменилось. Теперь Артур уже почти на него кричал, волоча его к магазину матери. Он не мог втащить его наверх, в квартиру, и потому, открыв неподатливую дверь, втолкнул его в темную комнату магазина модной одежды.

— Артур, ты напрасно меня ругаешь, я не принимал сегодня никаких наркотиков. Поверь мне. У меня просто случилась большая беда — умерла бабушка. Я ищу тебя повсюду. Ты единственный близкий человек, который у меня остался. Мне больше не с кем разделить свое горе, — как в агонии лепетал Стефан.

Он схватил Артура за руку и потянул его в глубину темной комнаты, рыдая, словно беспомощный ребенок. Сердце Артура наполнилось болью и жалостью к другу. Стефан на минуту перестал плакать.

— Артур, я должен принять сегодня хоть маленькую горстку героина. Я должен усмирить эту невыносимую боль, забыться. Ты должен мне помочь. Я не могу делать это в одиночку. Пожалуйста, Артур, помоги! Обещаю, что мы делаем это в последний раз. Я умоляю тебя, сделай это со мной и для меня, один последний раз. Моя бабушка была мне единственным дорогим человеком. Я чувствую себя таким несчастным, таким одиноким. Я не могу больше так жить! Ты слышишь меня, Артур? Почему ты мне не отвечаешь? Только один последний раз, помоги! Ты мой единственный друг, помоги мне перестать чувствовать эту невыносимую боль! Помоги мне, Артур!

Его прерывистая речь была речью больного и глубоко несчастного человека. Артур минуту стоял в нерешительности, а затем протянул руку, чтобы получить свою долю героина. Это все, что мог сделать в этот момент, чтобы облегчить страдания друга, помочь ему уйти от реальности в мир иллюзий и сна, забыть свое горе, смерть близкого человека, нескончаемое одиночество, перестать жить и страдать.

— Я делаю это в последний раз, — думал Артур, теряя поток мыслей, — *Мона, Мона*…. Неожиданно произнес он в отчаянии имя любимой, погружаясь в глубокий сон, и теряя сознание…

Позднее, местные газеты описали новые подробности гибели двух поэтов — их тела были найдены на следующее утро на полу маленького магазина модной одежды в бедном районе русского Парижа. Не было никаких признаков борьбы. Следы белой пудры были найдены на полу возле их тел. Было очевидно, что они приняли высокую дозу наркотиков. Французская полиция допросила молодую женщину, с кем Артур провел последние часы жизни. Они пришли к выводу, что товарищ его побоялся умирать в одиночку и уговорил Артура сопровождать его в этом странном путешествии в другой, мистический мир…

* * * * *

Закончилась церковная панихида, и процессия направилась на кладбище Сент-Женевьев-де-Буа, где тело его должно было быть предано земле. Мона стояла в толпе провожающих и думала о том, могла ли она спасти его своей любовью, или смерть его уже была предрешена судьбой. Она вспомнила строки его стихов:

И в сон погружаясь, последний, навечно,
Я вспышкою молний блесну над закатом
И тихо уйду в бесконечность, наверно,
Как будто, прощенным – и все ж виноватым…

Черная ночь опустилась над Парижем, над спящим, бедным, русским кварталом. Ночь пела свою заунывную, последнюю песню о рано погибшем, большом русском поэте, о еще одной страдающей душе, затерянной в этом огромном, равнодушном мире. И, казалось, что никто не мог спасти его от этого нескончаемого, трагического одиночества на чужой земле…

ЗИНАИДА ИВАНОВНА

Жители улицы du Colonel-Bonnet уже давно приметили эту странную, пожилую пару. Каждый вечер, в одно и то же время, медленно гуляли они по спящим улицам Парижа, до тех пор, пока их неясные силуэты не таяли в снежной вечерней мгле. Он — маленький и круглый, в длинном не по росту пальто, она — высокая и худая, в старомодном меховом жакете. Гуляли они час-другой, не замечая ни холодного ветра, ни любопытных взглядов редких прохожих. Иногда, раскачивающийся на ветру фонарь, мог выхватить из мглы их сгорбленные фигуры, упрямо движущиеся вдоль заснеженных улиц навстречу тайнам ночного Парижа. Они умудрялись совершать свои ночные прогулки каждый день недели, кроме субботы, не обращая внимания ни на снежную вьюгу, ни на проливной дождь, ни на палящую летнюю жару.

Их небольшая, но уютная квартирка на последнем этаже четырехэтажного дома на улице du Colonel-Bonnet была пристанищем для русской литературной элиты. Поговаривали, что в свое время Зина Ивановна была бесподобной красавицей с ангельским лицом, пухлыми губами и тонкой талией, но время превратило ее в окололитературную даму, наполовину слепую и почти глухую, с морщинистым, желтоватым лицом, плоской талией и сгорбленной фигурой. Отмечали, что последнее время Зинаида Ивановна проявляла особый интерес к молодым поэтам. Однако молодые литераторы побаивались ее острого языка, восхищаясь при этом ее блестящим интеллектом и почти невероятной жаждой жизни. И хотя тело ее состарилось и красота поблекла, в душе она все еще оставалась молодой. Для Зинаиды Ивановны «не любить и не быть любимой» означало «не жить и не существовать». Еще с далекой юности она глубоко верила в вечную любовь.

Ее муж, Андрей Михайлович, из бывших философов и поэтов, был все еще влюблен в свою «красавицу» жену. Был он неутомимым тружеником – вставал каждое утро в пять утра и при этом никогда не тратил свое драгоценное время зря. В течение последующих трех часов он медленно царапал что-то в своем толстом блокноте, пока у него не начинали слипаться от усталости глаза. В восемь часов утра Андрей Михайлович снова ложился поспать часик-другой. После сна, выпив три чашки крепкого кофе с гренками, он снова отправлялся в свой кабинет. Эта процедура повторялась каждый день, на протяжении всей его жизни.

Андрей Михайлович был человеком весьма застенчивым и неразговорчивым. Тучный, с коротким пухлым телом и выпирающим вперед животом, он любил иногда бросить взгляд на себя в зеркало, чтобы лишний раз убедиться, что он все еще хорош собой. Небольшая, редкая, но всегда аккуратно подстриженная бородка обрамляла круглое, розовое лицо, а по плечам рассыпались роскошные, слегка вьющиеся седые волосы, создавая полное впечатление русского декадента и философа, забытого на родной земле.

Каждую субботу, приглашенные ими гости, взбирались на четвертый этаж кирпичного дома, чтобы снова попасть в забытую атмосферу далекого и прекрасного прошлого. Зинаида Ивановна в длинном, зеленом бархатном платье обычно сердечно встречала гостей у входа. Платье элегантно подчеркивало ее бывшую фигуру в попытке возродить давно ушедшую красоту. Муж Зинаиды Ивановны ревниво наблюдал, как жена милостиво протягивала гостям бледную руку с такой учтивой любезностью, что пришедшим ничего не оставалось делать, как вежливо целовать ее сморщенные, дрожащие пальцы. С лукавой улыбкой знатока поэзии, несколько картавя, награждала она каждого гостя заранее приготовленным комплиментом: «Да, я читала вашу последнюю поэму. Вы прекрасно владеете пером, молодой человек. Прекрасно!» Или: «Я только что закончила читать ваше произведение. У вас есть безусловный талант, мой друг, но вам еще надо поработать, вложить, как говорится, больше творческой энергии».

Было что-то морально разлагающее, декадентское во всей обстановке этой квартиры и в самих ее хозяевах, но литературная атмосфера их маленькой и уютной квартирки притягивали молодых людей к этой очаровательной паре, и их литературным вечерам.

Сегодня их гости, в основном молодые люди мужского пола, удобно расселись вокруг ярко-горящего камина. На круглом кофейном столике возле бутылок с дорогим вином и подносом с маленькими, элегантными бутербродами мерцали дешевые, французские свечи. Дискуссия разгоралась вокруг волнующей всех темы – жизнь и смерть. Комната гудела голосами многочисленных гостей. Недавно, среди эмигрантской молодежи значительно увеличилось количество самоубийств. Был 1932 год, и все их надежды вернуться в Россию со временем становились все менее и менее реальными.

Андрей Михайлович разлил в бокалы вино, подошел к своему любимому креслу и тяжело в него опустился, погрузившись в мягкие, изношенные подушки. Мадам Зина незаметно выплыла из кухни с теплым, шерстяным пледом, в который она нежно укутала колени мужа. Неожиданная тишина воцарилась в комнате, когда Андрей Михайлович, поглаживая свою редкую бородку, начал говорить, то понижая голос до шепота, то повышая его до крика. В своих пухлых пальцах он крепко держал дешевую сигару, но, так и не затянувшись, перешел к главным вопросам своего выступления. Увлекшись своей собственной речью, он не заметил, как мысли его перенеслись в то далекое время, в то все еще незабытое прошлое.

– Как вы знаете, история русской литературы является прямым отражением истории самой России. Наша драма, я имею в виду – драма русской интеллигенции, стала драмой каждой отдельной личности, каждого из нас.

Он остановился, перевел дыхание и затем продолжал:

– Сразу после расстрела Гумилева в 1921 году начался физиический и духовный «расстрел» русского поэта, «расстрел» самого творчества. Мы покидали Россию для спасения свободы творчества. Однако я верю, что мы скоро вернемся в нашу свободную от большевизма родину.

Он замолчал и обвел глазами комнату. Молодые люди слушали его, затаив дыхание.

– Вопрос выживания очень важен для русского поэта, оказавшегося на чужой земле, вне привычной для него атмосферы. Я понимаю, что каждый подходит к этой проблеме по-разному, по-своему, часто ища ответа в своем собственном сознании, умении приспособиться к окружающей обстановке не только физически, но и духовно.

Он кашлянул и отпил из бокала вина. Какое-то время глубокая тишина царила в комнате, пока молодой человек, видимо, новичок, взволнованным голосом не прервал молчание. Он начал говорить, нервно шагая по комнате и не обращая внимания на удивленные взгляды хозяина:

– Я думаю, что человек может перенести любые страдания, но

только тогда, когда они имеют какой-то смысл. Вот именно такую 'raison d'être' мы пытаемся найти в нашем творчестве. Обстоятельства загнали нас в тупик, и этот короткий момент борьбы за выживание превратился в нашем сознании в вечность. Мы живем последней надеждой на возвращение, но это никогда не случится, никогда, и единственный выход из этого тупика – смерть.

Он сделал ударение на последнем слове и закончился свою речь, внимательно оглядев присутствующих, как бы ожидая их понимания и поддержки. Остывающие угли зловеще потрескивали в камине. Дыхание холодного воздуха прошло по комнате, и неожиданный страх сковал сердца молодых людей.

Зина Ивановна уставилась на последнего выступающего, и странная улыбка заиграла на ее слегка подкрашенных, розовых губах. Ее большое сердце на минуту остановилось, и она почувствовала какой-то сильный толчок, страшное предчувствие охватило ее.

– Могу я узнать ваше имя, молодой человек? – хриплый голос Мадам Зины прорезал воздух.

Она еще с молодости была склонна забывать имена. Он улыбнулся ей в ответ детской улыбкой обреченного, как если бы он уже знал о смерти больше тех, кто находился в этой комнате, включая саму хозяйку.

Он поклонился и представился. Его звали Жорж Минин. Он еще не был ни известным поэтом, ни маститым писателем, но его имя уже с трепетом произносили в литературных кругах, как автора, который писал странные романы, в основном о страстной и неразделенной любви. Любовь он почему-то всегда описывал в мрачных красках. Что же касалось его поэзии, то она была полна сверхъестественного мистицизма, цинизма и темных эмоций. Никто не знал и не мог объяснить, почему именно темная и сверхъестественная сила притягивала его. Однако его творения имели какую-то особую притягательность, даже очарование. Его друзья утверждали, что он мог ввести в заблуждение и самого дьявола. По натуре Минин был и страстным игроком, и страстным любовником, который мог променять свое земное существование на одну минуту неистового и безудержного приключения.

Молодой человек был строен, высок, с длинными, вьющимися волосами и утонченным бледным лицом. Его большие, карие глаза были глубоко посажены и выражали безысходную тоску. Он производил впечатление человека, сблизиться с которым не представляло никакой возможности. Естественно, что у него было много врагов и мало друзей. Его короткая, но страстная речь как бы ставила его выше других, как если бы он знал и понимал больше своих соотечественников. Все это произвело неприятное впечатление на окружающих, кроме самой мадам Зины. Она почувствовала, что только он один знает, как эфемерно счастье и как несчастна неразделенная любовь. И еще ей почудилось, что он предсказывал свою собственную скорую смерть, и это открытие повергло ее в состояние глубокой жалости к этому талантливому, но еще непризнанному поэту.

В такое неопределенное время, когда жизнь на чужой земле каждый день превращалась в борьбу за выживание, творчество становилось той необходимостью, когда можно было замкнуться в себе, уйти от повседневных забот. Именно поэтому, во время этих зимних, холодных вечеров, этот маленький остров страстных дискуссий и чтения любимых стихов наполнял теплом и надеждой их холодные сердца и снова вселял желание творить, писать стихи, философствовать, продолжать жить и надеяться на скорое возвращение.

Следующей, и наиболее популярной частью вечера, было чтение стихов. И снова Зинаида Ивановна разожгла камин, и теперь угли весело потрескивали, выдыхая в комнату теплый воздух, и освещая усталые лица молодых людей красными отблесками огня. Они читали свои стихи по очереди. Зинаида Ивановна выступала первая, обнажая свою душу с помощью поэтических, зашифрованных символов.

> Я стою на скрещении длинных дорог,
> Впереди океан, позади – ничего.
> Между нами могила и мною непонятый Бог,
> И тобою непринятый миф, что любовь это долг,
> И предать, как убить. А любить – для чего?

В вечернем воздухе царила тайная музыка поэзии. Молодые поэты погрузились в собственные мысли о безысходности, в глубины своего «я», забывая о реальности, неизвестности, о минорных тонах ночного концерта.

> Я здесь один. И в моем тихом доме
> Молчанье отражается немое
> В зеркальной глади моего сознанья.

И никого вокруг. Возможно, кроме
Дождливых капель. И оно такое
Надрывное и горькое, как осень,
То чувство, что забвению я предал.
Как будто все еще в душе мы носим
Тоску по одиночеству. Я ведал,
Что каждый миг, как дар,
И каждый шаг, как в пропасть.

Читал монотонно другой поэт, создавая атмосферу интимной близости, объединяя их такие разные судьбы под одной крышей, название которой «одиночество».

По закону гостеприимства вечер закончился в столовой. Они пили чай из самовара с пирожными и печеньем из ближайшей русской булочной. В маленькое окошко квартиры заглядывала любопытная луна, с доброй улыбкой подслушивая их задушевные разговоры и распространяя по ночному небу таинственное, лунное свечение.

* * * * *

Попрощавшись с гостеприимными хозяевами, молодые люди вышли на улицу, глубоко вдыхая холодный вечерний воздух. Воздух в Париже был каким-то особенным, чистым и прозрачным, как на картинах Клода Моне. Холод забирался под их легкие куртки, но они едва его чувствовали. Разгоряченные, они продолжали незаконченную дискуссию о жизни и смерти, о смысле жизни и о любви. Сильный порыв ветра неожиданно подул с севера, и уличный фонарь закачался на ветру, бросая на хрупкий снег расползающиеся, причудливые тени.

Жорж Минин поежился от холода, засунул руки глубже в карманы старенького пальто и, отвернувшись от друзей, не попрощавшись, быстро зашагал к дому, наслаждаясь зимним воздухом и чувством свободы, как будто, кто-то влил в него новые жизненные силы. Он лихорадочно торопился домой, чтобы сесть за стол и писать. Он мечтал закончить роман, и новые идеи одна за другой приходили ему в голову. Пошел легкий, хрустящий снег, покрывая улицы белой, кружевной накидкой, и заметая его следы, как если бы он, Жорж Минин, никогда не существовал на этой земле, или никогда не ходил по этим одиноким улицам Парижа...

* * * * *

В это время Зинаида Ивановна убирала со стола, мыла посуду, едва замечая, что она делает. Зинаида Ивановна думала о Минине. Его образ не выходил у нее из головы, его глубокий, мелодичный голос все еще звенел у нее в ушах, как музыка. Его поэзия, драматические строки его стихов глубоко засели в ее тонкую, восприимчивую душу.

Я помню осень воспаленным слухом,
Я слышу листьев чуткое паденье.
И сердце коченеет от бездушья,
И будит ночь едва заметным стуком
В мое окно. Я чувствую прозренье,
Молчанье тьмы и города удушье,
Уход в себя и с вечностью разлуку.
И черный ангел в этом мире звездном
Ко мне слетел, как легкое дыханье,
Но боль прошла. И в этом своевластье
Я путь нашел. Но было слишком поздно,
Как будто где-то, в глубине сознанья,
Я не нашел того земного счастья…

В эту ночь Зина Ивановна не могла уснуть – мешали мысли. Они копошились у нее в голове, жужжали, как назойливые мухи, от которых она никак не могла отделаться. Вспомнила стихи Апухтина:

Черные мысли, как мухи, всю ночь не дают мне покою:
Жалят, язвят и кружатся над бедной моей головою!

Она долго вертелась, стараясь не тревожить мирного похрапывания мужа. Наконец, мадам Зина встала и сделала несколько неуверенных шагов по направлению к окну. Черное, ночное небо было расшито едва мерцающими звездами, свет которых освещал длинный и мучительный путь в вечность. Спящий Париж тяжело дышал во сне. Мадам Зина побродила по дому, а затем на цыпочках, чтобы не разбудить мужа, вернулась в спальню. Постепенно сон и усталость взяли верх, и она погрузилась в тяжелую дрему.

Сон был прерывистый, нечеткий и странный. Как маленькие ажурные снежинки, падали на землю звезды и таяли у нее на губах. Она стояла посередине огромного, снежного поля, но вдали, сквозь ночную тьму, она видела едва различимый силуэт родного Петербурга, города ее детства. Неожиданно небо стало опускаться на землю, и все звезды, разлетевшись на мельчайшие частички, посыпались вниз, разрывая легкое покрывало ночи. Все это было похоже на фейерверк звезд, и сквозь него проступала обманчивая и печальная улыбка Минина.

Зинаида Ивановна проснулась с тяжелым камнем на сердце, все еще стараясь сбросить свое ночное видение. Имя Минина пульсировало в висках, и она вдруг почувствовала, что теряет сознание. Зинаида Ивановна повернула голову, чтобы убедиться, что муж еще спит. Но Андрей Михайлович не спал, Он лежал неподвижно, и его глубоко посаженные, голубые глаза в упор смотрели на жену.

— С тобой все в порядке, дорогая? Ты такая бледная. Может быть, нам надо прекратить эти вечера? Они отнимают у тебя слишком много сил, — произнес он сочувственно.

— Со мной все в порядке, дорогой, — ответила она замогильным голосом, медленно поднимаясь с кровати и стараясь избежать пытливого взгляда мужа.

Зинаида Ивановна вдруг поняла, что маленький мир ее счастья и покоя разрушен навсегда. Все давно забытые чувства снова растревожили ее больное сердце. Она знала это состояние очень хорошо — это была любовь. Как всегда в такие моменты, Зинаида Ивановна почувствовала себя одинокой и несчастной. Горькая обида на то, что ее никто и никогда не понимал, и не ценил, охватило все ее бедное существо. Нет, она не считала себя виноватой, так как природа ее любви была чистой и утонченной, и ради такой любви она не боялась сделать решительный шаг.

Часы на стене показали пять утра. Зинаида Ивановна раздвинула пожелтевшие от времени портьеры. Полная луна светила ей прямо в окно, как бы пытаясь послать ей свое раннее приветствие, но напрасно. Тяжелые облака неожиданно закрыли лунное изображение, и легкий снег посыпался на землю, замерзая на стеклах окон. Разочарованная луна появилась в последний раз, а потом исчезла за облаками, так и не дождавшись рассвета...

* * * * *

Пока Андрей Михайлович работал над очередным манускриптом, Зинаида Ивановна была озабочена своими собственными делами. Она долго стояла перед зеркалом, рассматривая свое отражение в нем — желтую, морщинистую кожу, редкие, седые волосы, выцветшие, но когда-то прекрасные, голубые глаза. Ничего, совсем ничего не осталось от ее былой красоты. Это открытие привело ее в ярость, и мадам Зина не на шутку рассердилась. С горечью в сердце и idée fixe в голове побрела она на кухню. Зинаида Ивановна тяжело опустилась на стул возле плиты и задумалась. И вдруг она почти задохнулась от пришедшей в голову идеи. Она поднялась и заспешила в соседнюю комнату. Прежде всего, пока спал муж Зинаида Ивановна решила написать письмо Жоржу Минину. И тут она впала в одно из своих причудливых настроений.

Дорогой Жорж,

Вчера, впервые я услышала ваши стихи, и меня охватило чувство благодарности за глубину вашей чуткой души и красоту вашей поэзии. В ответ я хочу предложить вам свою любовь, но поверьте, без каких-либо притязаний на вашу свободу. Все что я могу вам сегодня дать – это любящее сердце и понимание. Я одна вижу и чувствую и ваше одиночество, и ваше страдание. Мы все стоим на нетвердой, зыбкой почве, и потому я хочу протянуть к вам руку дружбы и любви. Со вчерашнего дня вы заняли в моем сердце особое место. Я буду счастлива увидеть вас сегодня вечером в нашей скромной квартирке. Примите мое искреннее приглашение отобедать. Жду вас в 6 часов вечера.
Искренне Ваша,
Зинаида Ивановна

Сначала Зинаида Ивановна была не совсем уверенна, правильно ли она поступает, ничего не сказав мужу. Потом она засомневалась,… смогла ли она правильно выразить в этом письме свои чувства. И потому она переписала письмо несколько раз, пока все-таки не пришла к выводу, что первая версия была самая правильная, простая и лаконичная. Затем она тихонечко прошла в кабинет мужа, пока он пил на кухне третью чашку кофе, и вытащила из ящика стола его старинные, золотые часы – подарок его покойного батюшки. Внимательно рассмотрев их своими близорукими глазами, Зинаида Ивановна надела массивные часы на тонкое запястье левой руки. Около одиннадцати часов, так и не позавтракав, она бросила последний сожалеющий взгляд на дорогие часы мужа, надела пальто и перчатки, и, напевая что-то себе под нос, в приподнятом настроении покинула квартиру в полной уверенности восстановить свою былую красоту.

*****

Зинаида Ивановна вернулась около двух часов дня и, не заглянув к мужу в кабинет, воровато прокравшись в спальню, направилась прямо к зеркалу. Ее собственное отражение повергло ее в полный восторг от успеха предпринятого мероприятия. Наконец, она увидела себя опять молодой и красивой. Часы сотворили чудо. Глаза ее затуманила поволока мечтательности, и видение недалекого будущего предстало перед ней во всей своей красе. «Эти часы сделали одну хорошую вещь для меня», – пробормотала она, все еще любуясь своим отражением в зеркале.

Андрей Михайлович на цыпочках подошел к двери в поисках пропавшей жены, но то, что он увидел, заставило его застыть на пороге в полном недоумении. Мадам Зина стояла возле трюмо и снимала с головы элегантную шляпку с большим, ярким пером на широких полях. Волосы ее были выкрашены в светло-каштановый цвет с бронзовым отливом, а губы – в красный, под цвет ее нового, ярко-красного платья. На спинку кровати был небрежно брошен блестящий, норковый жакет.

Зинаида Ивановна увидела в зеркале отражение мужа и резко к нему повернулась. От неожиданности ее губы растянулись в слабую, виноватую улыбку. Захваченный врасплох, Андрей Михайлович выдавил из себя что-то вроде улыбки, которая, скорее всего, напоминала недовольную гримасу. Он стоял и молчал, не в силах произнести ни одного слова. Однако, наконец, он пришел в себя.

– Могу я знать, что означает весь этот маскарад!

Голос его напоминал рычание раненого тигра.

Но жена уловила некий сарказм в его вопросе и это, конечно же, вывело ее из нормального состояния и привело в ярость.

– Я устала от твоей слежки за мной. Ты забываешь, что я свободная женщина, достойная настоящей любви!

Андрей Михайлович удивленно уставился на жену, все еще не понимая, что происходит. Она же, полная негодования от его непонимания, уже кричала на мужа из последних сил. Андрей Михайлович пытался уловить смысл того, что выкрикивала Зинаида Ивановна, но, так и не разобравшись в чем дело, попятился назад, и, уходя, громко хлопнул дверью.

*****

Весь остаток дня Зинаида Ивановна возилась на кухне, готовя к обеду новые, экзотические блюда, в то время как Андрей Михайлович заперся у себя в кабинете. Он так и просидел не двигаясь несколько часов, попивая виски и покуривая сигару, все еще пытаясь разгадать странное поведение жены. Однако вскоре запах жареной рыбы вывел его из раздумий, и он почувствовал настоящий голод.

Около шести часов вечера, кто-то нетерпеливо позвонил в дверь. Андрей Михайлович как раз допил последние капли ликера и заглянул в ящик письменного стола, где обычно лежали его золотые часы. К его искреннему удивлению их не оказалось на месте. В дверь опять позвонили еще более требовательно, и все еще озадаченный Андрей Михайлович отправился открывать дверь. Совершенно неожиданно это оказался курьер с письмом, адресованным его жене.

Зинаида Ивановна появилась из кухни счастливо улыбающаяся; она была как никогда хороша собой. Ее накрашенное лицо сияло счастьем. Но выражение счастья сменилось удивлением, когда муж в недоумении протянул адресованное ей письмо. Никто не произнес ни слова. Молчание становилось почти что невыносимым. Зинаида Ивановна на минуту замерла, только руки у нее странно дрожали. Она невидящими глазами рассматривала адрес на конверте до тех пор, пока лицо ее не стало совершенно белым. Безудержно хватаясь за воздух, она отвернулась и скрылась за углом, оставляя за собой только тяжелый запах духов. Закрыв дверь спальни, Мадам Зина пыталась представить себе различные варианты, почему Жорж не пришел сам, а прислал с посыльным письмо. Она стояла у окна, размышляя и наблюдая, как уходило за горизонт холодное, зимнее солнце, и кусочек луны начал просвечивать сквозь облака. Комната окрасилась в легкий, янтарный цвет. Она зажгла свет и распечатала конверт.

Дорогая Зинаида Ивановна,

Сегодня я потеряла Жоржа. Завтра Вы прочитаете в газетах о его самоубийстве. Он оставил Ваше письмо на письменном столе нераспечатанным. Почему он ушел из жизни? Наверное, потому, что смерть стала его неотвязной мыслью. Он считал, что это единственный путь уйти от невзгод, освободить душу от страданий. Я знаю, что прочтя Ваше письмо, он бы обязательно Вам ответил. Он бы сказал Вам, что первый раз в жизни он встретил такую тонкую, глубокую и образованную натуру. Ваш острый ум, Ваш талант, и Ваша преданность русской литературе сияют как бриллиант, а Ваша доброта рассеивает вокруг Вас те лучи, которые так притягивают новые, нераскрытые таланты. Он знал,

как ценить доброту и любовь, и даже во зле мог найти какую-то свою прелесть. Я не хочу, чтобы это письмо к Вам прозвучало слишком официально. Я тоже его любила.
Ваш скромный друг,
Иветта

Письмо выпало из рук Зинаиды Ивановны. Она почувствовала резкую боль в сердце. В полуобморочном состоянии, медленно опустилась она на кровать, сбросив нечаянно на пол блестящий, норковый жакет. Смерть Минина ее не удивила, но навсегда разбила сердце и наполнило его глубоким сочувствием и к нему, и к таким как он молодым людям, забытых, и не нашедших своего места на чужой земле. Она знала, что понесла в жизни настоящую потерю. Теперь у нее отобрали последнюю надежду увидеть своего возлюбленного. Неужели любовь навсегда останется только в ее прошлом? Нет, ничто не поможет ей теперь вернуть молодость. Зинаида Ивановна знала, что «не любить и не быть любимой» означало для нее «не жить и не существовать». Неожиданно она вспомнила строчки его стихов:

Конец наступил и, склоняясь пред Богом,
Прошу, чтоб немного отмерил мне неба
И солнца, и ветра, и чистого снега,
Последние строки с рифмованным слогом...

Зинаида Ивановна бессмысленно уставилась в потолок своими ярко подведенными глазами. Она размышляла о своей уходящей в никуда жизни, и о неожиданной, но все-таки предсказуемой смерти этого молодого еще человека, потерявшего последнюю надежду. Образы прошлого начали всплывать в ее разгоряченном воображении. Она мучительно вспоминала свои счастливые годы, когда окруженная поклонниками, она могла быть милосердной и жестокой, капризной и милой, остроумной и притворно глупой. Зинаида Ивановна никогда не любила мужа, но ценила его интеллект и страстную к ней любовь. Однако глубоко в душе ей всегда хотелось чего-то большего.

Она закрыла глаза, и образы прошлого медленно растворились в ночном воздухе. Да, она еще находилась в настоящем, но, уже осознавая, что у нее не будет будущего. Смерть стояла на пороге комнаты, освещенная бледными лучами улыбающейся луны...

* * * * *

Беспокоясь за жену, Андрей Михайлович постучал в дверь спальни несколько раз, но Зинаида Ивановна не отозвалась. Наконец, раздраженный ее молчанием, он, отчаявшись до нее достучаться, отправился на кухню обедать в одиночку. Оттуда все еще доносился аромат жареной рыбы. Плотно отобедав, Андрей Михайлович радовался возможности провести послеобеденное время в тишине своего кабинета с бутылкой хорошего виски и сигарой. Такие мирные вечера без присутствия его шумной жены редко выпадали на его долю. И это были самые счастливые минуты его жизни…

* * * * *

С того дня странная русская пара больше не появлялась на опустевших, заснеженных улицах Парижа: он — в длинном, поношенном пальто, она — в старомодном, коротком жакете. Отбрасывая на дорогу длинную, тощую тень, одиноко раскачивался на ветру уличный фонарь — единственный свидетель той драмы, которая произошла в те далекие тридцатые годы в маленькой, уютной квартирке на улице du Colonel-Bonnet.

МУЗА

*Н*икогда раньше я не мог себе представить, что мое желание любить и быть любимым перерастет однажды в полное нежелание испытать эти чувства заново. Одиночество стало для меня убежищем, а искусство помогло уйти от той невыносимой боли, когда на крик моей души не откликнулись даже те, в ком я тогда так нуждался. Я художник, искусство всегда было моей страстью, любовь – вдохновением, правда – моим кредо. Но жизнь проходит слишком быстро, унося с собой обрывки последних воспоминаний. Листая дни моего календаря, я вскоре понял, что и они, эти тяжелые воспоминания, стали постепенно покидать меня. Я делал все возможное, чтобы забыть прошлое.

Теперь у меня была одна единственная цель – найти внутреннее равновесие, эмоциональный покой, успокоить брожение чувств и вернуться к творчеству. Я начал размышлять о причинах своего внутреннего состояния, анализировать ошибки. Несмотря на все мои невзгоды, я всегда стремился к интеллектуальному совершенству разума и души. Я пытался соединить свои мысли и сознание в один сплав, дать выход творческому вдохновению. И снова, как никогда, начал я страстно желать найти потерянное вдохновение, найти ту идеальную любовь, которая могла бы вернуть меня к творчеству. Я почувствовал, что я готов начать жизнь с нуля. Таинственный огонь загорелся в моей душе, как иллюзорное желание снова любить и быть любимым. И хотя структура моих эмоций была мучительной и болезненной, она оставалась кристально светлой, непорочной, как первые лучи восходящего солнца, как прикосновение к усталой земле его теплых лучей. Теперь я жил только одним желанием – освободиться от душевного мрака и терзания. Я боялся потерять ту надежду, которая, возможно, еще ожидала меня где-то за невидимым горизонтом.

Но, увы, наперекор своим желаниям, я заметил, что я продолжал жить в атмосфере порочных желаний, томиться надеждой на какой-то острый конфликт, драму, которые выведут меня из этого страшного состояния застоя. Я мечтал о встрече с той идеальной женщиной, которая смогла бы снова разжечь во мне давно забытые чувства, заставила бы меня страдать и показала бы мне мир за рамами моих незаконченных картин. Ведь именно в страдании я находил желание творить, дабы уйти от той боли, которая мучила меня все эти годы. Я искал такую женщину, которая отдала бы мне свою любовь, ничего не требуя взамен. Я пытался доказать сам себе, что я освободился от своего прошлого и был готов к новой жизни, и «она» должна была быть моей освободительницей, той женщиной, которая могла бы вдохновить меня на внутреннее путешествие из прошлого в будущее, в глубину настоящего искусства и творческого вдохновения. Моя неуспокоенная душа была в поисках моей таинственной музы.

Те события, которые я собираюсь здесь описать, навсегда изменили мою жизнь и остались в моей памяти до конца моих дней.

В свои 42 года я все еще был бедствующим художником, одиноким волком, жившим рядом со своим единственным другом — одиночеством. Я жил в полной изоляции, наверное, только для того, чтобы оправдать свою ненужность и никчемность, нежелание и боязнь встретиться лицом к лицу с реальным миром, открыть те двери во внешний мир, которые были для меня все еще закрыты. Абсурдизм моей философии заключался в брожении моего ума, неуспокоенности души, неумении охватить мир, как одно неразделимое целое, в желании посвятить жизнь только одному искусству. Если бы я мог понять в то время необходимость увидеть и ощутить вселенную как одно целое, не только внутри себя, но и за его пределами, понять необходимость поиска абсолютной для меня одной истины и счастья за пределами своей души, выйти из того замкнутого пространства, в которое я сам себя поставил, я бы уже давно сломал рамки своего заточения и своего одиночества.

Однако все изменилось, когда я стал вдруг понимать, что исчерпал свои внутренние творческие силы и должен открыть дверь во вселенную, выйти за рамки удобного для меня существования. Я стал воображать себя выдающимся портретистом, и этот образ преследовал меня ночью во сне, а днем не давал покоя ни моим мыслям, ни моей душе. Мне нужна была натурщица, модель, лицо и тело, которые я мог бы изучать и, наконец, воплотить на полотне. Я представил себе портрет женщины, поражающей сердца, завораживающей своей внутренней глубиной, чистотой души, и роскошью обнаженного тела.

В мою студию приходило много женщин, но все они оставляли меня равнодушным, пока, однажды, холодным, серым утром, она не появилась на пороге, прочитав мое объявление в местной газете. В ее легкой и изящной походке, утонченных чертах лица, в каждом ее движении, сквозила скрытая страстная натура. Мое сердце учащенно забилось, когда я увидел невинность и красоту в лепке ее продолговатого лица, смятение в ее широко открытых глазах, скромность в ее осторожных движениях. Я стоял совершенно ошеломленный в дверях студии, не в силах начать разговор.

— Наверное, это было слишком поспешное решение с моей стороны придти к вам в студию, но мне нужны деньги, мне очень нужны деньги, — сказала она тихим, мелодичным голосом, кинув на меня только беглый взгляд и направляясь к выходу.

Она казалась очень хрупкой, невероятно стеснительной и, тем не менее, я заметил, — достаточно решительной. Я был совершенно сбит с толку. У меня просто закружилась голова от ее присутствия в моей студии. Я не мог отвести от нее глаз. От нее шел свет, обволакивающее тепло, и я не мог произнести ни слова, пока, наконец, не заметил неловкость этой ситуации и ее попытку уйти. И меня охватил страх ее потерять, потерять вдруг нахлынувший творческий порыв и пробуждающееся желание ею владеть.

Я сбежал за ней по лестнице, взял за руку и почти прокричал:

— Пожалуйста, останьтесь. Вы именно та женщина, которая мне нужна!

Интуитивно я приблизился к ней, смотря прямо в ее широко открытые и удивленные глаза. Я почувствовал тонкий запах ее духов, и у меня появилось страстное желание сжать ее хрупкое тело в своих объятьях. Однако едва уловимый страх ее потерять привел меня в чувство. Она опять поднялась по лестнице и остановилась у порога, упорно посмотрела мне в глаза, смущенная, не зная, что ей делать дальше.

— Я умоляю вас остаться, — повторил я возбужденно, все еще страшась, что она сейчас повернется и уйдет, и я потеряю ее навсегда.

Ее появление в моей студии вызвало в моем сердце бурю давно забытых эмоций, и я знал, что просто умру, если она сейчас уйдет. Некоторое время она стояла молча, пока, наконец, едва заметная улыбка не коснулась уголков ее губ. Не произнеся ни одного слова, она прошла к дивану и в горячечной спешке стала раздеваться, как будто бы поток каких-то неясных чувств захлестнул все ее существо. Страстное желание ею обладать перешло в прежний страх ее потерять. Она как бы почувствовала, что происходило в моей душе, почувствовала мой звериный инстинкт и стала раздеваться медленнее, методичнее, не проявив при этом никаких чувств, как если бы меня не было рядом. Меня поразили ее доверительность, ее вера в меня, и мне вдруг стало стыдно за свое поведение, за свои мысли и желания, и я покраснел, как школьник, которого учитель поймал на обмане.

Теперь она стояла передо мной обнаженная – гладкая кожа светилась, прелестная улыбка застыла на губах. Я опрометью кинулся к полотну, чтобы не упустить момента и передать в красках ее красоту, нежность кожи, глубокие светло-карие глаза, легкую улыбку Джоконды, и в то же время – ее женственность, сексуальность и тайну ее закрытой для меня души.

Прошло какое-то время, и, наконец, почувствовав страшную усталость, я положил кисти и подошел к окну. Раздвинув тяжелые шторы, отгораживающие меня от внешнего мира, я был поражен необъяснимой красотой заходящего солнца. Солнце напоминало раненого зверя, кровь которого окрасила поверхность неба. Лучи этого пылающего солнца просачивались сквозь уходящие облака. Я еще никогда не видел такого яркого заката, и странное предчувствие охватило все мое существо. Что же на самом деле случилось со мной сегодня? Сердце мое словно остановилось от красоты, открывшейся передо мной картины уходящего за горизонт солнца. Мне пришла мысль о зыбкости нашей жизни, о таком же заходе солнца, который когда-нибудь случится с каждым из нас последней, одинокой ночью. Медленно, словно приведение, стал я ходить из угла в угол студии, размышляя, стараясь уйти от монотонной мелодии теперь уже черного неба и облаков, тяжело нависших над моим домом. Душа моя в этот момент стремилась к передаче моего состояния с помощью творчества. И руки мои отвечали требованиям моей души. Я знал, что единственный путь успокоить чувства, – это вернуться к холсту и снова окунуться в другой мир, передать невинность и красоту той женщины, которая так открыто доверила мне душу и тело.

Я поспешно взял кисть, и, не взглянув на нее, начал смешивать краски. Когда я, наконец, на нее посмотрел, она сидела все так же на краю дивана, руки скрещены на коленях. Она казалась подавленной, упавшей духом. Незнакомка беспомощно смотрела на меня, и странная улыбка играла на губах, как будто бы смотрела она мне прямо в глаза сквозь невидимую стену, разделяющую нас в этот миг. И я понял, что этот портрет будет рожден в агонии моего творческого вдохновения, окрашенный моими переживаниями, глубокой болью прошлого, почти что на грани безумства. Чем больше я наблюдал свою натурщицу, тем больше видел ту печаль, которая отражалась в глазах этой загадочной женщины.

Может быть, я просто терял разум, или это было мое больное воображение, но я неожиданно почувствовал вместо обычной подавленности какой-то внутренний подъем, как бы кристаллизацию души и прояснение разума. Мои воображение и разум воспламенились, руки горели нестерпимым желанием творить. Я почувствовал огромное удовлетворение от своей работы, которая полностью захватила меня. Я забыл о ней, о моем странном предчувствии, о прошлом. Наконец-то, я нашел настоящее удовлетворение и то душевное волнение, которое я так долго искал.

Вскоре ночные краски полностью поглотили комнату. У меня стала кружиться голова, и я почувствовал невероятную усталость. Я включил свет и на какую-то секунду ослеп от неожиданной яркости. Моя студия, в форме овала, была завалена неоконченными работами, на столе стояла бутылка недопитого бренди, на единственном стуле лежал мой халат, синий в белую крапинку, темные шторы были раздвинуты. И в конце комнаты, на краю дивана сидела, неподвижно застыв, незнакомая женщина, усталая и незащищенная, дрожа от ночного холода. Я поспешил принести ей шерстяной, теплый плед. Я набросил его ей на плечи, поправляя, чтобы укрыть все ее тело, но прикосновение к нему вернуло меня к тем прошлым ощущениям, которые я испытал, впервые ее увидев. Страстное желание проникнуть не только в ее душу, но и ее тело, было таким нелепо жестоким, таким ярким и таким устрашающим, что я почувствовал необъяснимое волнение от ее присутствия, от того, что она была так близко ко мне, здесь, в моей студии. Но боязнь разрушить тайну этого чувства, потерять эту иллюзорную женщину, была сильнее моего желания ею обладать. Я видел, как мой страх отразился в ее глазах, когда она сбросила одеяло на диван.

При лунном свете, пробивавшемся сквозь просветы в шторах, я увидел ее лицо. Оно не выражало никакой страсти или желания. Но в тот момент мне было все равно, кто она и что она чувствует, незнакомка, пришедшая ко мне из другого, неизвестного мне мира. Я обхватил руками ее тело и коснулся губами ее холодных губ. Мое горячее дыхание обжигало ее, и мы оба отдались нахлынувшему на нас потоку чувств. Я был глубоко взволнован, опустошен до предела и счастлив. Она лежала рядом со мной, в моих объятьях, и мы оба медленно погружались в сон.

С тех пор она стала приходить ко мне в студию каждый день, в одно и то же время. Молча раздеваясь, она садилась в той же позе на край дивана, а я лихорадочно и одержимо, с жадностью впившись в ее тело, старался передать всю его прелесть, запечатлеть свет, исходящий от него, и страдания души, которые отражались в ее широко-открытых глазах. Мы едва разговаривали, охваченные страстью – это была почти животная страсть двух одиноких людей, затерянных в огромном мироздании, забытые и страдающие души, стремящиеся к совершенству, к слиянию в одном любовном порыве.

Прошли почти две недели ее визитов в мою студию. Я заканчивал ее портрет, нанося последние штрихи. Однако, к моему страшному разочарованию, все мои невероятные усилия довести ее образ до совершенства, не увенчались успехом. Я глубоко страдал от неумения передать внутренний мир этой странной женщины, которую я так любил. И хотя ее тело на портрете было прекрасным, глаза ее выражали глубокую скуку. Мои руки видели то, что не видели мои глаза.

Если бы только я подумал тогда о том, как мало я ее знал, я бы приложил больше усилий узнать ее жизнь, заглянуть в душу, в закрытый для меня мир. Но, как ни странно, это был мой эгоизм, упование собой, своими собственными страданиями, невнимание к ее человеческим качествам, все то, что не позволило мне почувствовать или разгадать ее истинные чувства ко мне. К сожалению, моя навязчивая идея закончить ее портрет преобладала над желанием познать живую, настоящую женщину, которой я обладал почти каждый день. Я почувствовал себя опять на грани безумия. Я не мог спать, ясно размышлять – я только видел перед собой лицо прекрасной женщины с холодным, безразличным взглядом. Я был одержим работой, чувствами к ней, ее очарованием, которые околдовали мои тело и разум. Я искал душевного очищения, но оказался в капкане двух страстей – женщины на портрете и реальной, живой женщины, которую я едва знал.

Это было такое странное чувство, как будто бы весь мир вдруг раскололся, раздираемый одной невозможной, навязчивой, эгоистичной, и в то же время, прекрасной любовью к двум женщинам, одной на портрете – другой живой. В одно мгновение мир вокруг меня снова погас, и все линии пересеклись в одной единственной точке. И этой точкой была моя любовь к неизвестной мне женщине, к моей вдохновительнице, к моей музе. Почему не могу я передать на портрете все эти сильные, обуреваемые мною чувства, заставить портрет говорить, рассказать историю женщины на нем изображенной? Я не мог себе этого до конца объяснить.

В один обещанный день она не пришла. Я ждал ее до позднего вечера, не зажигая света. Я стоял у окна, уставившись в пустое пространство на границе сумерек и ночи, наблюдая, как сливались они в один неразрывный союз. *Может быть, любовь рождает мрак?* – думал я, охваченный каким-то странным предчувствием, мечтая о тепле ее тела, мелодичности ее мягкого голоса. Мое ожидание стало нестерпимым – я терялся в догадках. Я был влюблен в ее красоту, ту тайну, которую она так тщательно от меня скрывала. Я пытался откинуть завесу ее очарования, за которой я не мог увидеть реальную женщину, натурщицу со своими жизненными невзгодами, расчетливо борющеюся за выживание в этом огромном, бездушном и холодном мире.

Я вернулся к портрету, и с помощью какой-то непонятной интуиции, окрашенной новыми страданиями, на портрете начала вырисовываться другая женщина, теперь уже живая. Следуя своему импульсу, хаотичным маскам, я перерисовывал ее глаза, рот, руки. И портрет ожил, заговорил со мной на другом, понятном мне языке, который я только сейчас начал познавать. Интуитивно, я рисовал портрет женщины красота которой была жестока, глаза скрывали неподдельную страсть, и холодная улыбка слегка тронула уголки губ.

Эта женщина была рождена из мрака, на границе сумерек и ночи. Она не была больше для меня той загадочный незнакомкой, какой я себе ее представлял. Теперь она была реальной, ощутимой – холодной, бессердечной, жестокой и расчетливой. Ее притворная невинность исчезли, и возникла та, другая, которую я не мог разгадать и увидеть за слоем своих воображаемых эмоций. Это ощущение показалось мне таким странным несоответствием между моим реальным и нереальным видением мира. Она была всего лишь плодом моего голодного воображения, примитивного восполнения моих темных желаний. Я был ослеплен ее безупречной красотой и не мог увидеть то, что скрывалось за пеленой моего собственного воображения.

Только намного позже стал я понимать, что она подарила мне тот магический момент творчества, который я ждал так много лет, спасла меня от моей собственной изоляции, помогла мне забыть прошлое. Она так никогда и не вернулась ко мне, и я никогда больше ее не видел, несмотря на все мои бесконечные усилия ее найти. В конце концов, опыт дал рождение мудрости. После многих дней страдания и размышлений, я, наконец, сумел подавить в себе чувства к ней, и вернуться к творчеству.

Моя страсть к ней переросла в творческую энергию, и, слившись с интуитивным интеллектом и стремлением к совершенству, подняла меня на новый, более высокий уровень творчества. У меня открывалась одна выставка за другой, где портрет ее имел неизменный, грандиозный успех — он принес мне деньги и славу. Моя мечта осуществилась, и я стал известным художником. С тех пор у меня было много женщин, но ту таинственную, ночную женщину, мою единственную музу, которая так безропотно отдала мне свое тело, но не впустила меня в свою душу, я так и не смог забыть.

ФРАНЧЕСКА

*П*оезд огибал гору, опоясывая ее своим телом, как изогнувшаяся змея, спящего путника. Там за горой затихал закат, и отсветы его окрашивали воздух мягкими тонами – от теплого розового – до холодного сиреневого. А дальше шла равнина, мелкие кривые кустики уродливо торчали из земли, равнодушные к той необычайной гамме цветов, в которой тонули их пожелтевшие, состарившиеся верхушки. Краски исчезли внезапно за поворотом, и равнина погрузилась в густые, серые сумерки. Вскоре уже ничего нельзя было различить. Небо скрестилось с землей, слилось в одно ночное месиво, которое поглотило виденное и набросило тайну на землю, только что еще так нежно переливающуюся розовато-сиреневыми оттенками.

Стоять у окна было уже бессмысленно, и я вошла в купе. Зажгли свет, и лица моих попутчиков, казавшиеся при дневном свете такими привлекательными, вдруг потемнели и осунулись. В купе нас было четверо: молодая женщина лет тридцати-пяти, сразу привлекшая мое внимание своим странным поведением, приятной наружности молодой мужчина, старик с желтыми, словно волчьими, пронзительными глазами, и я.

Женщина казалась нервной – она постоянно то поправляла рукой пряди длинных, черных волос, то открывала и закрывала лежащую на коленях сумочку, при этом она пристально смотрела на сидящего напротив молодого мужчину. Ее огромные, черные глаза, не мигая, застывали на предмете, привлекшем ее внимание, будто пыталась она проникнуть в тайну его мыслей. Одета женщина была просто и элегантно – черное, шелковое платье подчеркивало стройность ее фигуры, а изящное и дорогое украшение на шее, придавало платью нарядность. Все в этой женщине было необычно. С одной стороны, на нее хотелось смотреть, с ней хотелось заговорить, о ней хотелось узнать. С другой стороны, хотелось уйти, избежать ее пытливого, застывшего взгляда. У меня было такое чувство, что я уже видела ее раньше, может быть, на картинах Модильяни – женщину в черном платье, со скрещенными на коленях руками, пронизанную насквозь грустью, одиночеством, безысходностью.

Мужчина явно чувствовал неловкость под ее упорным взглядом, но сидел прямо, не шевелясь, словно боясь ее вспугнуть. Ничего примечательного, на мой взгляд, в нем не было, кроме небольших, острых и живых глаз, да вьющейся черной, аккуратно подстриженной бороды, закрывающей почти все его узкое лицо. Мое появление в купе ее растревожило. Она нехотя подняла на меня глаза, и, не выразив никакого интереса к моей личности, отвернулась к окну. На ночном стекле появилось ее отражение. Поезд проносился мимо уже невидимых селений, ландшафтов, за окном, наверное, сменялись картины, и только неподвижным оставалось очертание на стекле чужого, красивого лица.

Я представилась, протянула руку. Первым ответил мужчина:

– Густав, приятно познакомиться, – и подвинулся, уступая мне место рядом с ним.

Старик, сидевший около женщины, казалось, задремал. Его желтое, сморщенное лицо с полузакрытыми глазами оставалось непроницаемым. Теперь я оказалась напротив женщины и старика. Она нехотя отвернулась от своего отражения и назвалась Франческой. В ее ответе я уловила акцент, едва заметный, чуть-чуть певучий. *Наверное, итальянка*, подумала я про себя. Но она вдруг первой завязала разговор, видимо, уловив в моей речи тоже акцент.

– Вы русская? – вдруг спросила она, удивленно округлив глаза.

– Как вы узнали?

Я была явно озадачена. Меня увезли из России почти ребенком и уловить мой акцент мог только человек сам говорящий по-русски.

– Я наполовину русская, наполовину итальянка. Моя мать была русской художницей, – и она назвала фамилию.

Я слышала это имя раньше, знала, что она жила в Париже, училась во Французской Академии Художеств, была одно время очень известна, дружила с художницей Тамарой Лемпике, но потом, вдруг все бросила и уехала неизвестно куда. Я смутно помнила ее историю: одно время я очень увлекалась судьбами русских художников, живших в Париже. Но я ничего не сказала Франческе, так как вспомнить о ее матери больше ничего не могла.

– Моя мать рано умерла, – произнесла Франческа, ни к кому не обращаясь.

Поезд дернулся и резко остановился. От внезапного толчка Франческа упала всем телом на спящего старика, который все также продолжал дремать, не шевелясь и не проявляя никаких признаков жизни. Только один раз, бегло взглянув на него, я заметила, как двигались его ресницы — он явно не спал. Разговор не клеился, в странной тишине купе было слышно, как проходили по коридору люди, вероятно, готовясь ко сну. Мутный, вагонный свет отдавал неприятной желтизной, накладывая, как густой грим, печать усталости на лица и так уже изрядно уставших пассажиров.

Густав несколько раз пытался завязать разговор, но видя, что его никто не поддерживает, вышел из купе в коридор, предположив, что дамам, вероятно, пора готовиться ко сну. Я была слишком возбуждена прощанием с родными и, постелив постель, вышла вслед за Густавом в коридор. Густав стоял у окна, бессмысленно уставившись на своё отражение в стекле. Увидев меня, он удивленно вскинул голову и приветливо подвинулся, давая мне место рядом.

— Я знаю Франческу, — неожиданно сказал он, не делая при этом никаких предисловий, словно хотел удивить меня и, не дав мне опомниться от своей неожиданной реплики, продолжал, — я искал встречи с ней всю свою жизнь, а теперь, когда, наконец, я увидел ее, я не могу открыть рта, чтобы начать разговор. Меня просто парализовал страх. Помогите мне, умоляю Вас, помогите!

Он лихорадочно схватил меня за руку. Его тонкое, нервное лицо выражало неподдельное волнение. Только глаза застыли, будто погрузились вовнутрь, в непонятную для меня тайну, ища там ответа или помощи.

— Дело в том, что этот мерзкий желтый старик — ее муж. Вы слышите меня?

Он резко повернулся ко мне и замолчал, словно ожидая от меня ответа. Я ничего не понимала, что происходит, что он от меня хочет, причем тут муж Франчески и какое мне до них до всех дело. Я вдруг испугалась, мне стало страшно возвращаться в купе, но еще более не хотелось оставаться здесь в коридоре, ночью с этим странным молодым человеком, который почему-то пытался поведать мне историю жизни совершенно чужих людей.

Густав тяжело вздохнул, будто опомнился, пришел в себя, пристально на меня посмотрел и сказал совсем тихо:

— Вечер какой-то странный, ждал его столько лет, а теперь теряю такое дорогое для меня время. Может быть, сегодня или завтра решится моя судьба, а я боюсь. Опять трушу. Все годы я жил ради встречи с ней. Я мечтал снова увидеть ее и все объяснить. Я просто не мог так жить, зная, что я разрушил ее жизнь. Как часто мы совершаем поступки, поддавшись мгновенному чувству, ежеминутному желанию, не анализируя и не думая о последствиях. Пользуйтесь мгновением, оно может не повториться. Так думал я всегда, пока такое мгновение слабости, бездумности, не перевернуло мою и ее жизнь.

Увидев, что я слушаю, он продолжал:

— Я встретил Франческу в Италии — ей было семнадцать, а мне двадцать семь. Мы оба тогда учились живописи. Она была очень тихая и замкнутая, всегда погруженная в себя, без подруг или друзей. Рисовала она тщательно, подолгу задерживалась после классов, работ своих никому из учеников не показывала и на вопросы всегда отвечала односложно, явно желая быстрее отделаться от навязчивого собеседника. Я наблюдал за ней издалека. Что-то дикое и испуганное, и в то же время застенчивое было в ее движениях.

В это время я встречался с женщиной намного старше меня. Это была необычайная женщина, яркая не только своей красотой, но и своим талантом. Лина по происхождению тоже русская, из какого-то старого дворянского рода, переселившегося в Италию еще во времена Александра III. Род их оставался русским, хотя родители ее по-русски уже совсем не говорили. Лина же знала несколько языков — она свободно говорила на итальянском, немецком, французском, испанском и русском. В их огромной старинной усадьбе сохранились портреты предков, выполненные известными художниками того времени. В этой усадьбе также находилась коллекция картин, удивительная по вкусу и знанию ранней итальянской живописи. И хотя Лина сама не рисовала, она хорошо знала живопись, музыку, много читала. Мы часами могли бродить вместе по улицам Флоренции, говорить на волнующие нас обоих темы, но мы никогда не касались наших отношений — ведь и так было ясно, что мы любили друг друга. О том, чтобы с Линой съезжаться, я не думал. Несмотря на свой моложавый вид и иногда совсем детскую непосредственность, она была на пятнадцать лет меня старше. Лина никогда не была замужем и о своей прошлой жизни не рассказывала. Я был с ней счастлив... так я думал тогда.

Он сделал паузу, посмотрел на меня вопросительно:

— Я Вас не утомил?

Нет, он меня не утомил, я слушала теперь его рассказ или, вернее, исповедь, с интересом. Спать не хотелось. Стояла ночная, таинственная тишина. Поезд слегка покачивался под убаюкивающую музыку движения.

— Вы художник? — вопрос вырвался у меня неожиданно.

— Да, я портретист. Меня занимают человеческие лица и характеры. Рисуя, я вместе с кистью ворошу душу, проникаю в суть ее, разлагаю ее на тона и тональности и, если не хватает материала, дорабатываю образ воображением. Иногда видишь значительное лицо, начинаешь работать, а работа не идет. Маска — а под ней ничего, никаких эмоций или оттенков. Тогда начинаешь придумывать этому человеку внутренний мир, и выходит лицо на полотне вроде как одухотворенным, а человек себя не узнает, слишком много чужого и непонятного для него в этом лице. Так было и с Франческой. Лицо ее было замечательным и, часто придя домой с занятий, пораженный чувством отрешенности и одиночества на нем, я пытался рисовать ее портрет и не мог. Домысливая ее, я придумывал, и лицо получалось другим, не ее. Меня занимала тайна ее окружавшая. В группе все знали друг о друге всё, а о ней — ничего. Как-то раз, Лина, будучи у меня дома, заметила мой набросок. Лицо ее вспыхнуло:

— Откуда ты ее знаешь?

Руки ее дрожали.

— Я, к сожалению, ее не знаю, — вздохнул я, — мы просто занимаемся в одной группе. Почему тебя это так взволновало?

— Потому что ради нее меня бросил человек, женой которого я собиралась стать.

Впервые за время нашего знакомства Лина заговорила о себе. Я затаился, боясь вспугнуть ее нахлынувшее желание говорить.

— Ее мать умерла, когда Франческа была еще ребенком. Я и мои родители были дружны с ее матерью, она была замечательная художница и тоже русская из дворян. Два года назад умер отец Франчески и оставил ее на попечение своему лучшему другу. В то время я была близка с Карло, и мы планировали пожениться. Он был сказочно богат и очень образован. О лучшем муже я не могла и мечтать. Может быть, я даже любила его за блестящую эрудицию, ум, и, конечно же, за его деньги. Это был мой шанс. С переездом в его дом Франчески все изменилось. Я видела, как теплели его глаза, когда он смотрел на нее. Весь его мир был теперь сосредоточен только на ней одной. Он порвал нашу помолвку в прошлом году и, как только Франческе исполнится восемнадцать, он собирается на ней жениться. Говорят, что он сделал ее своей любовницей, как только она вошла в его дом. Этот несмышленый ребенок знал, что делает. Вскоре она станет одной из самых богатейших и уважаемых женщин Флоренции.

— Жаль, — вырвалось у меня.

— Жаль что? — Лина удивленно вскинула на меня глаза.

— Жаль ее, — как бы машинально повторил я, думая о своем.

Только сейчас мне стало ясно ее поведение. Эта несчастная девочка должна была стать женой человека, который мог быть ее отцом. На меня как будто дохнуло тайнами средневековья. Теперь, как никогда ранее, мне хотелось поговорить с Франческой. Она уже не казалась мне такой недосягаемой — ведь я знал ее тайну. Отношения мои с Линой после этого разговора стали другими. В ней появилось больше требовательности, нетерпения, страсти. Она боялась потерять меня, и я это понимал и пугался этих ее порывов.

Он запнулся, видимо испугавшись перехода на более интимные стороны их отношений.

В коридоре стало прохладно. Я зябко поежилась и зевнула.

— Хотите, продолжим завтра?

Он повернулся ко мне. При тусклом свечении коридорной лампочки я увидела его подернутое болью лицо. Я не могла, просто не имела права, его сейчас прервать. Ему надо было говорить, выплеснуть боль, вспоминать и, наверное, принять какое-то решение.

— Продолжайте, — сказала я убедительно и, опершись о вагонные поручни, приготовилась слушать.

— Впрочем, осталось немного. Вскоре после нашего разговора с Линой я намеренно задержался в классе, работая над эскизом модели, когда вдруг почувствовал, что кто-то тихо стоит за моей спиной. Я скорее почувствовал, чем догадался, что это Франческа. Боясь ее вспугнуть, не поворачиваясь, я спросил:

— Что не получается?

— Нет, — услышал я за спиной, — не то, что не получается, а получается, но не то, что хочется, словно не я вожу кистью, а кто-то вместо меня. Не могу понять почему. Наверное, я совсем не художница и никогда ей не буду. А это для меня такая трагедия, такое несчастье.

Я повернулся. Ее милое и, почему-то показавшееся мне очень близким лицо, было в слезах. Неожиданно для себя я приложил свою руку к ее щеке, как делала мама, когда я был маленький и нуждался в помощи. Франческа застыла от неожиданности, глаза ее раскрылись широко и удивленно.

— Пойдем ко мне, Франческа, — прошептал я, поддавшись, как и она, нахлынувшему чувству, — ведь тебе хочется говорить, не правда ли?

Она молча, послушно сложила в папку свои работы и, стараясь чуть-чуть отставать, словно боясь, что нас увидят вместе, пошла за мной. Кажется, что я никогда в жизни не был более счастливым. Мои родители разошлись, когда мне было двенадцать лет. Я рос очень замкнутым и одиноким ребенком. Много читал и рисовал, жил в своем далеком мире, и был очень нелюдим. Понимание одиночества роднило нас с Франческой. Мы чувствовали друг друга так, будто всю жизнь провели вместе. Я предугадывал каждую ее мысль, она — мою. А как понимала она мою живопись! Читала по краскам и рисункам мои настроения, мою душу.

Так длилось почти месяц. Франческа приходила ко мне после занятий почти каждый день, бледная, загадочная, молчаливая. Мы пили чай с бутербродами, говорили о живописи, о ее матери, разбирали мои и ее работы. Ее творчество меня потрясло. Она была на редкость одаренная девочка, тонкая и чуткая к краскам, со своим странным и диким видением мира. Буйство палитры на полотне, словно неугомонность, внутреннее беспокойство, глубокая, неразрешенная внутренняя страсть, выплескивались на ее полотна. Она много рассказывала о себе, о своем детстве, о матери, которая была глубоко несчастна. Но стоило мне только упомянуть ее опекуна, как лицо ее становилось злым, и слезы текли и текли по ее щекам, пока я не обещал никогда больше не задавать ей о нем вопросов, если она сама не захочет об этом говорить.

Только раз, всего один раз, сказал я ей, как дорога она мне и как нужна. Франческа опустила голову, долго сидела задумавшись, а когда снова подняла на меня глаза, то я увидел, что лицо ее озарено каким-то внутренним светом.

— Люблю тебя. На всю жизнь. Ты у меня один. Я верю тебе, ведь мы теперь, как один человек — ты и я.

Я застыл, боясь вспугнуть, рассеять этот свет и свое неожиданное счастье. Потом все кончилось. Банально и мерзко.

Лина пришла ко мне объясняться. Я был один, ожидая Франческу. Дело в том, что я еще не сказал ей о Лине, не зная, как это сделать, боялся обидеть ее, ведь Лина была подругой ее матери. Лина вошла, словно в комнату ворвался ветер, холодный и резкий. Она плакала, винила во всем Франческу. Мы не заметили, когда Франческа вошла в комнату. Она появилась неожиданно, как всегда бледная и отчужденная, и также неожиданно исчезла.

Я ничего не мог ей объяснить – она больше не приходила на занятия, и все мои попытки увидеть ее были тщетны. А через неделю позвонила Лина и сообщила, что Франческа стала женой своего опекуна. Так кончился мой покой. Я уехал из Италии на родину в Германию, продолжая заниматься живописью и неустанно, каждую минуту своей жизни, вспоминая о ней. Вы понимаете, что я погубил не только ее жизнь, но и свою. Я мог ее спасти, а вместо этого толкнул ее еще глубже в пропасть. Она мне поверила, а я ее предал. Я еще пытался ей писать, звонить, несколько раз приезжал во Флоренцию, но все напрасно, как вдруг вчера случай неожиданно свел нас опять, – голос его понизился почти до хрипа, и он замолчал.

Поезд, замедляя скорость, приближался к какой-то станции. Он заговорил снова. Голос его теперь казался громче, а весь вид – отрешеннее. Он, как человек, потерявший над собой контроль, разговаривал сам с собой.

– Я увидел ее на вокзале, она стояла впереди меня в очереди за билетом. Так мы оказались в одном вагоне. Она даже не подала вида, что знает меня. Как бы я хотел иметь ее самообладание! Я еду сейчас во Флоренцию навестить свою дочь. Вы удивлены? Я забыл сказать, что я недавно получил письмо от Лины. Сразу после нашей размолвки она уехала в Париж, где родилась наша дочь. Девочке уже шестнадцать лет, а я никогда не видел ее и даже не знал о ее существовании. Лина написала мне в письме, что девочка имеет удивительные способности к рисованию и занимается у лучших флорентийских живописцев. – Он вдруг в упор посмотрел на меня, – Скажите, что мне делать? Ведь Лина будет встречать меня с дочерью на вокзале.

Что я могла ему ответить? Оставалась одна ночь, одна единственная ночь, чтобы сделать выбор между любимой женщиной и дочерью, которую он никогда не видел. Я думала о том, что в выборе правильного решения мы полагаемся или на наши расчеты, или на интуицию – на порыв души, или на логику мысли. Я всегда полагалась на свой внутренний голос, на импульс, и никогда не проигрывала, но если я начинала взвешивать ситуацию и внимательно ее продумывать, то тогда теряла или просчитывалась.

– Положитесь на судьбу, – сказала я нарочито сухо, чтобы не выдать ту интуитивную эмоцию, которая охватила меня и, пожелав ему спокойной ночи, открыла дверь в купе.

В купе было темно, там видно уже спали. Вскоре уснула и я, да, видимо, так крепко, что не слышала, когда вернулся Густав, и не знала, произошло ли что-либо в купе за эту ночь. Меня разбудила Франческа. Она была такая же, как и вчера, неулыбчивая и отрешенная, только платье на ней вместо черного было ярко кровавого цвета. Мы подъезжали к Флоренции. Я наскоро собралась, пока отсутствовали мужчины. Густав вошел в купе бледный.

— Видно не спал всю ночь, — подумала я про себя.

Но он не видел меня и смотрел на Франческу взглядом человека, решившего проститься с жизнью. Ресницы ее дрогнули, и, не обращая на меня внимания, она протянула ему, как бы в знак примирения, руку, обернутую в красную, кровавую материю. Я не знала, сколько времени стояли они так, безмолвно обнявшись взглядами. Лицо ее светилось внутренним, потусторонним светом. Но неожиданно для всех скрипнула дверь, и в купе тихо, словно мышь, проскользнул старик. Его желтый взгляд с удивлением впился во Франческу, но каким-то невидимым движением мне удалось загородить от него и Франческу, и Густава. Я быстро заговорила с ним о надвигающемся дожде и плохой погоде этим летом в Италии. Он не слушал меня, пытаясь взглядом отодвинуть меня в сторону, словно я была ширма, которая скрывала или загораживала от него какую-то тайну.

Поезд остановился внезапно. Началась вокзальная суета, давка — все торопились выйти первыми, искали в окне встречающих. Старик поднял ручной багаж и, как бы случайно, подтолкнул Густава к выходу. Он выходил первым, за ним шла я, потом старик, а за ним — загадочно и ясно улыбающаяся Франческа. Мне показалось, что за эти несколько минут молодые люди решили свою судьбу.

На перроне было немного встречающих, и потому я сразу увидела метнувшуюся к Густаву красивую, статную женщину и тоненькую, загорелую девушку. Они обе обхватили его, опоясав руками, словно обручем. А он, растерянный и раздавленный, рвался из него, из этого кольца, обещающего счастье, рвался к другой, к той, которую только что заново нашел через много лет ожиданий, страданий, поисков. Я застыла, как вкопанная. Пассажиры уже вышли из вагонов, перрон стал пустеть. Я обернулась. Поезд отходил от перрона, набирая скорость. Он казался зловещей, темной лентой на фоне черного, потухшего перед дождем неба. В какое-то мгновение я увидела бледное лицо Франчески, а потом, будто порыв ветра оторвал ее от земли, и красное пламя ее платья вспыхнуло и растворилось в дымке уплывающего в туннель поезда.

РЕПЕТИЦИЯ ПЕРЕД ДОЖДЕМ

*Р*епетиция перед дождем началась с раннего утра. Солнце вдруг утонуло в облаках, будто кто-то приглушил прожектор, освежающий улицу-сцену. Уличные фонари еще не зажглись, и дома, погрузившись во мрак, как-то сразу потеряли свое лицо и стали похожи на выстроенных вдоль улицы солдат.

Ветер подул с севера сразу, резко и, подняв в воздух первые осенние листья, поволок их за собой в тупик, в самый конец улицы. Там, загораживая ее последний дом, стояло широкое, раскидистое дерево. Большие, экзотические листья свисали вниз острыми концами. Осень еще не тронула их желтизной, и поэтому на фоне других деревьев оно казалось неправдоподобным, игрушечным. Усилившийся ветер налетел на дерево, пытаясь сломить, преклонить к земле, разметать широкие листья. Ветви, грациозно изгибаясь, сопротивлялись его силе, будто дразня и втягивая в игру.

На улицу, из последнего дома доносились звуки рояля, профильтрованные сквозь завесу экзотического растения. Играли известный прелюд Шопена, написанный им в Парме, в грозу, во время томительного ожидания Жорж Санд. Звуки падали, как капли усилившегося дождя, то перемешиваясь с тоской, то возвышаясь, то снова падая вниз. Дождь неожиданно повис сплошной стеной, будто кто-то задернул театральный занавес. Музыкальные звуки едва пробивались сквозь шум дождя. И все декорации исчезли с воображаемой сцены.

Наташа стояла у окна, прижавшись лицом к стеклу, стараясь разглядеть сквозь завесу дождя мелькание вдруг зажегшихся фонарей. Словно суетливые светлячки, прорвались огоньки света и снова исчезали в темноте, запутавшись в сетке дождя. Наташа напряглась, пытаясь уловить звуки шопеновского прелюда, но из-за шума воды музыка стала слышна хуже, а потом и совсем затихла. Уличный спектакль закончился до утра.

Наташа была частью осени, ее дождем, ее прохладой, ее тревогой. Она остро ощущала изменения в природе, а воздух после дождя, особенно чистый и ароматный, наполнял ее чувством ожидаемых перемен. Перед дождем становилось грустно. Резкая смена погоды меняла ее настроение. В дождь хотелось быть одной, прижаться лицом к стеклу и плакать вместе с ним о несбывшемся.

Она привыкла к одиночеству. После смерти родителей Наташа осталась в огромном доме одна. Нелюдимость ее и необщительность стали очевиднее. Соседи удивлялись и перешептывались, глядя ей вслед. Иногда жалели: «Бедная девочка, такая некрасивая, замкнутая, одинокая». Заговаривать с ней никто не решался. Она проходила мимо, погруженная в свои мысли, и смотрела на них отсутствующим взглядом.

Думала Наташа много – обо всем на свете: о людях, с которыми сталкивала ее жизнь – им она придумывала свои биографии, о книгах, которые читала, и об авторах, их написавших, о новых и старых фильмах и их героях. Вспоминала и переставляла этих героев, словно актеров в театре, которым раздали неверные роли, и потому актерский ансамбль звучал фальшиво. Она была невидимым режиссером чужих жизней, не имея и не думая о своей.

В ее большом и не очень уютном доме было много книг. Они стояли неровными рядами на полках, вдоль стен, расставленные только по одному ей понятному принципу. Читала она много, запоем, все подряд, по несколько книг одновременно, мысленно перенося героев из одной книги в другую. Иногда по ночам они вдруг появлялись в ее комнате, садились на край кровати и вели с ней долгие, задушевные разговоры. Тогда она давала им советы, как поступать и как жить дальше, знакомила их с героями других книг, устраивала чужие жизни и чувствовала себя опытной и мудрой. Так и жила она в своем выдуманном, театральном мире, дирижируя судьбами ей не принадлежащими.

В доме не было зеркал. Еще в детстве внушили ей, что она дурнушка, что она некрасива и даже непривлекательна. Она это быстро усвоила, и потому избегала смотреть на себя в зеркало. Ей было безразлично, как она одета и как причесана. Роль дурнушки ее вполне устраивала, чтобы уйти от людей, спрятаться в четырех стенах своего большого дома.

Прижавшись к стеклу, видела она в нем нечеткое отражение: продолговатое лицо, пухлые по-детски губы и длинные, почти до колен, черные, густые волосы. Дождь усилился, словно пианист стал сильнее стучать по клавишам невидимого рояля. Сквозь этот музыкальный шум она с трудом различила долгий звонок в дверь. Наташа зажгла свет и спустилась по широкой лестнице вниз. По рассеянности, даже не узнав кто, она распахнула дверь слишком широко, и ветер, словно поджидая случая, вырвал ее из Наташиных рук и сильно отбросил в сторону.

За порогом, в пелене дождя, стоял мокрый человек. Волосы, борода, ресницы – все слиплось от воды. Накинутый на плечи плащ, набух от дождя и тяжело свисал вниз. Человек ухватился сильной рукой за распахнутую дверь и переступил через порог. Наташа испуганно попятилась назад.

– Что прямо так, не спрашивая кто, всем открываете двери? Добрый вечер. Можно войти?

На нее смотрели зеленые, любопытные глаза.

– Зачем? – спросила она, отодвинувшись еще дальше вглубь прихожей.

– Извините, – сказал он, вдруг смутившись, – я, наверное, Вас напугал. Я с дороги, ищу своих знакомых. Они должны жить по этому адресу.

И протянул ей листочек мокрой бумаги. Она машинально пробежала глазами записку.

– Разве вы не знаете, что они уже давно здесь не живут, лет десять. Мы купили их дом. Где они сейчас я не знаю. Почему Вы не написали им заранее?

– Я писал, но ответа не дождался. Я всего лишь проездом. Это не беда – я могу остановиться в гостинице. Вот только этот сумасшедший дождь…, – он вдруг остановился, закашлявшись долгим и надрывным кашлем.

Наташа ему поверила, и ей стало его жаль.

– Проходите, обсушитесь. Я согрею Вам чаю, а потом пойдете. Который сейчас час?

Часы на стенке показывали восемь вечера. Она не знала, сколько времени простояла у окна, наблюдая дождь и размышляя; думала, что уже было глубоко за полночь.

Он благодарно улыбнулся и поставил на пол мокрую, дорожную сумку. Наташа понимала, что поступает безрассудно, но выгнать в ночь усталого, промокшего человека не могла. Она провела его наверх, приготовила горячую ванну, дала теплый халат отца и ушла на кухню готовить ужин. Делала она все механически, словно сестра милосердия, и почему-то как будто бы перед кем-то оправдываясь, повторяла про себя строчку блоковских стихов: «И даже небо было с нами. / И небо было за меня».

Незнакомец спустился на кухню через полчаса, и Наташа его едва узнала. Был он очень высокий, сильного, широкоплечего сложения. Лицо открытое, ясное; зеленые, лучистые глаза искрились светом благодарности и восхищения. Он стоял на пороге кухни, не зная, что делать.

— Проходите же, садитесь вот здесь. Ужин уже готов, — тихо проговорила Наташа, ловко накрывая на стол.

— Как вас зовут? — также тихо спросила Наташа.

Он не расслышал и ближе наклонился к ее лицу. Она поддалась назад и еще раз повторила вопрос.

Он неожиданно рассмеялся громким, веселым смехом.

— Да ведь я же знаю как Вас зовут. Постойте, Вам могут подойти два имени — Наташа или Светлана.

— Да, Наташа, — просто сказала она, — а как вы догадались?

— А мне всегда казалось, что красивых женщин зовут или Наташами, или Светланами. И потом Вы на Наташу Ростову похожи.

Наташа смутилась, покраснела и, отвернувшись в сторону, почти прошептала: «Я вовсе и не красивая».

Он сделал вид, что не слышал ее замечания и протянул руку.

— Андрей, по совпадению, но не Волконский. А жаль, — представился он и прошел к столу, чуть покосившись на ее длинные распущенные волосы.

Наташа поймала его взгляд и, ловко подхватив волосы одной рукой, перехватила их тонким черным шнурком.

На улице все еще шумел дождь, отбивая по крыше стаккато, тусклый уличный фонарь чуть покачивался в такт ночному ветру.

Ужинали почти молча, не зная о чем говорить. Ей хотелось, чтобы он быстрее допил свой чай и ушел, а она снова осталась бы одна наблюдать у окна осенний, тяжелый дождь.

— Вы хотите, чтобы я быстрее ушел? Я нарушил Ваше одиночество, не так ли? Я умею читать чужие мысли и предсказывать будущее. Не верите, что можно предсказать будущее? — попытался Андрей втянуть ее в разговор.

— Да, верю, очень даже верю. Какая у меня судьба? — спросила она, протягивая ему руку.

Он осторожно взял ее руку в свою и, впившись глазами в кривые линии на ее руке, погрузился в размышления. Когда он снова заговорил, глаза его были спокойными и серьезными.

– Ваша жизнь скоро изменится, Наташа. Доброта не может жить в одиночестве, она тянется к людям. Вы скоро уедете из этого дома. Вы будете много путешествовать. Вы будете счастливы.

Он странно посмотрел на нее и отпустил ее руку.

– Я заметил у Вас в доме богатую библиотеку. Вы много читаете?

– Да, я много читаю, – просто ответила Наташа. Лицо ее просветлело, а глаза смотрели не на собеседника, а куда-то внутрь себя, – мне интересно знать не только содержание книги, но и кто ее автор, и какая у него судьба, и почему он написал эту книгу. Как часто читая, слышишь фальшь в голосе автора. Он пишет о добродетели лживыми словами, неся в душе зло, о любви – никогда не любя, или о дожде, который никогда не чувствовал, о людях, которых никогда не встречал. Зачем? Больше всего на свете я боюсь лжи и фальши. Это унизительно для того, кому лгут. Чувствуешь, будто бы кто-то проводит по коже острым предметом и очень больно. А Вы когда-нибудь лгали?

Она вернулась из мира книг в действительность и в упор посмотрела на Андрея. В этот момент она была похожа на святую с картин ранних итальянцев.

Он опустил глаза. Она хотела от него покаяния, эта странная, книжная женщина. Он осторожно через стол взял ее руку в свою.

– Я расскажу Вам о себе, Наташа. Может быть, мне станет легче, если я оставлю здесь, в этом доме, тяжесть своей неправедной жизни.

Дождь не прекращался, и где-то вдали слышались угрозы приближающегося шторма. Часы на кухне показывали десять.

– Вы, наверное, живете очень замкнутой жизнью, Наташа, – нелюдимы, одиноки и совсем не знаете жизни. Но когда Вы выйдите из своего заточения, жизнь разрушит Ваши иллюзии, растопчет Вашу доброту, и Вы будете страдать, очень страдать. Но только через страдания можно познать правду, – он странно посмотрел на нее и выпустил ее руку.

Через какое-то время он заговорил снова, голос его звучал низко, чуть надтреснуто:

– Мы все мечтаем в жизни о любви. Я был лишен ее с самого детства. Родители мои умерли рано, и я рос с бабушкой, женщиной суровой и недоброй. Часто убегал я из дома с дворовыми мальчишками, и меня никто никогда не искал. Я возвращался домой сам, голодный и порою избитый, но бабушка ничего не спрашивала. Сна жила по инерции, застывшая в своем горе, а я только мешал ее одиночеству, ее заточению. Шли годы без любви, без ласки, без тепла. Суровость жизни сделали меня сильным и упорным. Я окончил институт, защитил рано кандидатскую, потом докторскую диссертации. Вы думаете, что я очень молод? Нет — мне сорок два. А Вам, наверное, года двадцать-три, не больше?

Наташа кивнула в ответ. Лицо у нее было очень грустное и сосредоточенное. Глаза увлажнились, казалось, что она вот-вот заплачет. У него вдруг мелькнула мысль, а стоит ли ей все это рассказывать. Но желание сбросить с души накопившуюся тяжесть, переложить ее на плечи этой чистой, красивой девочки, разрушить идиллию ее существования, показать ей жизнь такой, какая она есть не в книгах, где герои настоящие, а не выдуманные, было выше его сил. И он продолжал:

— Как Вы понимаете, Наташа, я достиг многого, кроме одного — я никогда никого не мог любить, именно потому, что не получил в детстве ту порцию тепла и ласки, той школы родительской любви, которую проходит каждый ребенок. Я влюблялся, увлекался, терял голову, но совсем ненадолго. Я бросал женщину тогда, когда убеждался, что она меня любит. Мне доставляло жестокое удовольствие видеть боль, смятение, страдание на ее лице, когда объявлял ей о нашем разрыве. Я унижал ее, доставляя ей невероятные муки. Но вот однажды в жизни моей все изменилось. Звали ее Светланой. Она была чем-то похожа на вас, Наташа. Тоненькая, большеглазая, романтичная и всегда очень грустная, будто страдала за каждую несложившуюся чужую жизнь, к которой прикасалась ее душа. Меня она поняла и почувствовала сразу. Все прощала сначала, тянулась ко мне, по-рабски привязалась и любила так страстно, так искренне, так вызывающе, нескрываемо открыто и громко. Надо добавить, что была она еще к тому же красавица, яркая, броская, одухотворенная. Она могла сделать счастливым любого мужчину, но на свою беду выбрала она меня. Отношения наши тянулись почти год. Я мучил ее, изменял, потом снова возвращался и снова уходил. Я любил ее и боялся своего чувства, боялся потерять ее, и в то же самое время хотел, чтобы она ушла из моей жизни. Я хотел отношений простых, а с нею было сложно, запутанно, непонятно. Она улавливала малейший оттенок лжи в моем голосе, чувствовала каждое неверное движение. Глаза ее тогда наполнялись слезами, и такое горе отражалось на ее лице, что хотелось бежать и от нее, и от себя. Она плакала и терпела. А потом случилось то, что я никак не мог ожидать – она исчезла из моей жизни. Ничего никому не сказав, уволилась с работы и уехала неизвестно куда, – он горько рассмеялся.

Наташа плакала, но Андрей этого не замечал. Лицо его было сосредоточенным, глаза смотрели в пустоту, будто, там, за гардиной пряталась та женщина, которую он все еще любил.

– Мне всегда казалось, что я иду по жизни вперед, что самое лучше должно еще случиться завтра, и потому без сожаления оставлял все в прошлом, но разрушая других, я разрушал и себя. Я был бесчестен, черств, равнодушен, я никогда ни о чем глубоко не задумывался. А теперь мне плохо, больно, одиноко. Я совершил самоубийство. Я – мертвый человек. Мне все равно, что будет со мной завтра. Я хочу вернуться в прошлое, чтобы увидеть ее счастливые, влюбленные глаза, услышать ее теплый, мелодичный голос. Если бы можно было все повернуть вспять?

Он закрыл глаза, лицо его было бледное, застывшее – лицо мертвого человека.

Дождь еще не перестал. Наташа встала, открыла окно. Холодный, осенний воздух наполнил кухню влагой. Он же ничего не замечал. Теперь он низко опустил голову и ушел в свои мысли. Наташа знала, о ком говорил Андрей. Светлана жила в этом доме десять лет назад. Знала Наташа и о том, что после разрыва с Андреем она оставила дом родным и уехала в Европу на короткое время начать жизнь сначала. Может быть, и начала бы, да вскоре врачи обнаружили у нее рак крови, и она быстро угасла, то ли от болезни, то ли от горя.

Было далеко за полночь. Андрей встал, подошел близко к Наташе, посмотрел ей в глаза. Она отшатнулась. Это были глаза безразличного, усталого человека. Казалось, что за эти несколько часов пережитого прошлого он превратился в старика.

– Вы все еще предлагаете мне ночлег? – спросил он, также глядя ей в глаза.

– Ехать куда-то уже слишком поздно, – еле проговорила Наташа, – я постелю Вам наверху, в кабинете отца.

На пороге комнаты он притянул ее к себе.

– Останьтесь, Наташа со мной. В такую погоду нельзя быть одной.

Наташа растерялась, оттолкнула его, и, резко отвернувшись, ушла не попрощавшись.

Ночь была для нее тяжелая, длинная. Спрятались в свои книги ее книжные герои – а перед нею была жизнь, несправедливая, жестокая. Забылась она только под утро. Проснулась вдруг, открыла глаза в пустоту темной комнаты. Накинув халат, Наташа подошла к окну.

Дождь почти перестал, и сквозь словно раздвинутый театральный занавес двигалась вдоль улицы от дома высокая, сгорбленная фигура мужчины с дорожной сумкой, двигалась за кулисы, вглубь сцены того маленького театра, в котором была она невидимым режиссером.

Наташа кинулась вниз. Только бы успеть, догнать, ведь ему нужна была ее помощь, ее тепло, а она его оттолкнула. Она почти скатилась с лестницы, распахнула дверь и остановилась, как вкопанная. Силуэт Андрея исчез в тумане наступающего утра. Воздух был свежий и очень холодный. Она поежилась, вернулась в дом. И только тут увидела она приколотую к двери записку: «Спасибо за гостеприимство. Может быть, когда-нибудь еще свидимся. Будущее непредсказуемо. Если что не так, простите. Андрей».

Наташа поднялась наверх, прижалась лицом к стеклу, долго стояла не шевелясь, вглядываясь в глубину улицы. Ей было холодно, бил озноб. За эту короткую ночь прожила она целую жизнь, свою и чужую. Теперь знала она, как жить дальше, знала, что впереди еще будет любовь, будут встречи и расставания, но это излияние чужого человека, так странно открывшего ей душу, не забудет она никогда. Наташа вернулась в постель, теплее укуталась в пуховое одеяло и, уткнувшись в подушку, тихо заплакала. Все в этом разыгравшемся спектакле случилось не так, как подсказывало ей ее режиссерское воображение.

ОСЕННЯЯ МГЛА

Был холодный осенний вечер с неприятно-влажным, морским ветром. Ветер дул с океана на палубу, принося с собой пузырьки соленой воды. Одинокая луна бросала на воду бледные тени, образуя тонкую, серебристую дорожку, но вскоре свет ее стал почти невидимым, и луна исчезла за облаками. Тяжелый туман полностью стер границу между небом и водой. Сгустились ночные краски, и ночь слилась с темными водами океана. Небольшие, мерцающие звездочки, как и сама луна, утонули в безбрежном океане, и тихая музыка волн создала атмосферу покоя и тишины. Казалось, что даже в воздухе звучала мелодия переливающихся волн и таинственные звуки холодной, осенней ночи.

Они стояли на палубе вдвоем. Он пристально за ней наблюдал, заинтригованный странной манерой ее поведения и броской, несколько вульгарной внешностью. Губы ее были ярко накрашены, а подведенные глаза безразлично скользили по его фигуре, как если бы он не существовал. Женщина была бледна, но на впалых щеках еще были видны остатки румян. На голове удобно сидела шляпка с большими полями, отбрасывая тень на лицо, когда она наклонялась, чтобы достать платок из небольшой, элегантной сумочки.

Незнакомка явно пыталась произвести на него впечатление, болтая о чем-то без остановки, и при этом постоянно и нервно одергивая длинный жакет. Он заметил, что когда она говорила, едва двигая губами, брови ее странно поднимались и опускались в такт ее речи.

Голос у нее был приятный и очень мелодичный, но порою срывающийся, и потому часто звучал как фальшивые ноты в длинной опереточной арии. И, тем не менее, его раздражала какая-то вульгарность в ее поведении, ее непрекращающаяся болтовня и попытки приукрасить свою речь ненужными, броскими словами. В какие-то моменты этот непрекращающейся поток бессмыслицы стал ему в тягость. Однако он ее не прерывал, придирчиво изучая и наблюдая за ней во время ее длинного монолога. Больше всего его раздражала ее ненатуральность, к которой почему-то примешивалась ее почти ангельская невинность, или даже наивность. Все это показалось ему чрезвычайно странным. И в ее внешности, и в ее поведении он увидел намек на какую-то тайну.

Был он известным писателем, ищущим уединения, убежища от толпы назойливых почитателей. Он догадался, что эта странная женщина понятия не имеет, кто он такой, и просто остановилась поболтать, чтобы убить время. От нее он узнал, что эти три дня на пароходе ей подарила мать.

Сгущались сумерки, люди разбрелись по своим каютам, и холодная осенняя ночь тихо напевала свою прощальную колыбельную песню в такт бьющимся о борт волнам. Неожиданное чувство тревоги охватило ее, и землистая бледность разлилась по щекам. Холодная, одинокая звезда появилась и исчезла на далеком, ночном горизонте. И все вдруг стало таким далеким, таким неважным, как эта холодная, осенняя ночь, влажный липкий воздух и ее собственная жизнь. Она знала о приближающемся конце, и там, за горизонтом, она увидела какую-то тайну — тайну смерти. Она представила себе тот день, когда и ее жизнь подойдет к той последней черте, где время и пространство сольются в одном бесконечном порыве. Ветер нежно дотронулся до ее лица, погладил ее холодные руки, как возлюбленный, который почувствовал ее горе, ее страх смерти.

Они еще долго молча наблюдали, как ночь окутывала все видимое вокруг, и редкие лучи луны, отражаясь в океанской волне, накладывали странный отпечаток на их усталые лица. Восхищаясь красотой мгновения, он наклонился и заглянул ей в глаза. И там он прочитал беспомощность одинокого человека и страх перед той неизвестностью, которая таилась в этой огромной вселенной. И в этот момент он опять подумал о том, что за ее вульгарной внешностью и странным поведением кроется какая-то тайна.

— Ради Бога, скажите мне, что заставляет Вас страдать в такую прекрасную ночь? — потребовал он, беря ее руки в свои, и проникшись к ней неожиданной жалостью, забыв о том, как она только что так раздражала его своим поведением.

Она отдернула руки и громко рассмеялась. Он смутился от своего неожиданной чувствительности. Ветер подхватил ее громкий смех и унес его дальше в океанский простор, оставляя только легкую рябь на волнах и далекое эхо замирающего голоса. Он не произнес ни слова в ответ, и, отвернувшись от нее, неуверенной походкой пошел вдоль раскачивающейся палубы, надеясь, что она последует за ним, но она осталась еще долго стоять на палубе одна...

* * * * *

На следующее утро за завтраком он снова увидел ее. Она сидела у окна одна и казалась погруженной в глубокое раздумье, листая страницы толстой книги. Он тут же узнал издалека обложку своего последнего романа.

Комната в такое раннее утро была почти пуста. Яркий, солнечный свет проникал в нее через широкое окно, переливаясь красками в хрустальных стаканах и бросая свет на ее усталое и молодое лицо. К его изумлению, на лице ее не было никакой косметики, и только бледная помада слегка коснулась ее губ, а темно-каштановые, вьющиеся волосы были в беспорядке рассыпаны по плечам. Удивленный, он подошел сзади ее стола, так, чтобы она его не видела.

— Могу я разделить с Вами одиночество?

Его руки инстинктивно дотронулись до ее плеча. Она вздрогнула от неожиданности и резко обернулась.

— Доброе утро. Прекрасное утро, не правда ли? — ответила она, не выражая при этом никакого интереса к его персоне. Она закрыла книгу, так и не ответив на его вопрос.

— Да, действительно, прекрасное утро, и мне жаль, что Вы пьете кофе в одиночестве.

Он помахал официанту и сел напротив.

— Я заметил, что Вы читаете мой последний роман...

Она не дала ему закончить предложение.

— Кто-то оставил его на столе еще до того, как я пришла.

И покраснела, как ребенок, пойманный на лжи.

Ну и что же Вы думаете об этой книге? — сказал он уже серьезно, спрятав улыбку.

Она колебалась какое-то мгновение, как будто тысячи мыслей неожиданно пришли ей в голову, заставляя ее задуматься.

— Сказать по правде, меня поразила Ваша чуткость, умение заглянуть глубоко в человеческую душу и распознать в ней то, что так часто не удается другим писателям, перейти ту черту понимания человеческой психологии, которая не доступна другим. Вы настоящий художник, умеющий талантливо нарисовать портрет чужой души, умеющий сопереживать и понимать страдания другого, приглашая читателя следовать за ходом Ваших мыслей, развитием сюжета, и даже стать частью Вашего повествования.

Она вдруг потеряла всю прошлую веселость и несерьезность тона. Это была совсем другая женщина, не та, которую он встретил на палубе прошлой ночью.

– Так, значит, Вы знакомы с моими книгами? – он посмотрел ей прямо в глаза, – Вы тоже пишете?

Она не ответила ему сразу, задумавшись на минуту, а затем взглянула на него удивленно.

– И да, и нет. Я когда-то писала стихи, но больше не пишу.

И затем, улыбаясь, – Давайте выйдем на свежий воздух. Я обожаю осеннее солнце, когда воздух то такой необычайно теплый, а то вдруг неожиданно становится таким пронизывающе-холодным.

Он рассматривал ее в упор, не переставая удивляться, как изменилась она со вчерашнего вечера. Она больше не пыталась его очаровать своей вульгарностью и казалась какой-то отрешенной. Сегодня он был приятно поражен ее привлекательностью, ее манерами, когда она медленно прохаживалась по палубе, держа в руке длинный шарф и глубоко вдыхая соленый океанский воздух. Она напоминала ему укрощенного зверя, пойманного в клетку и ищущего выхода на свободу.

– Вы путешествуете одна? Я буду рад составить Вам компанию и избавить Вас от одиночества, – сказал он мягко, стараясь ступать с ней в ногу.

Она уклонилась от ответа, но ее лицо просияло, выдавая ее настоящие чувства.

– Ирина, – меня зовут Ирина. И протянула ему руку.

– Владимир Николаевич, – произнес он, задержав ее пальцы в своей ладони.

Утреннее солнце стало медленно меркнуть, и легкие облака повисли над палубой, двигаясь вдоль нее, как чайки, улетающие в теплые края. Все вокруг неожиданно потемнело, как будто неизвестный художник затушевал солнце неясными, фиолетовыми красками. Странный, ультрамариновый свет просочился сквозь мглу, осветив на мгновение все небо, а затем первые тяжелые капли дождя упали на палубу. Он осмелился ее обнять, стараясь прижать ближе к себе, защитить от ветра. Сквозь тонкую ткань платья он почувствовал тепло ее тела.

– Не беспокойтесь за меня. Я в порядке, – запротестовала она, освобождаясь от его объятий, – мне нравится чувствовать прикосновение первых капель дождя на моем лице. Это напоминает мне робкие поцелуи возлюбленного.

Она взглянула на него сбоку, через плечо, улыбаясь, и переменила тему разговора.

— Вы хорошо спали прошлой ночью?

— Да, я спал как ребенок. А почему Вы спрашиваете?

— Потому что я долго не могла уснуть. Я была взволнована нашей встречей. Как Вы думаете, вызывает ли эмоциональный стресс импульс к творчеству? Вчерашний вечер был какой-то печальный и потусторонний, как будто бы кто-то за пределами нашей вселенной осветил океан бледными лучами уходящей луны. В моем неспокойном сне я видела странные образы, летающие в свободном пространстве, — звезды, волны, перекошенное лицо смерти. Я чувствую силу океана и его потенциал разрушения, и все-таки, он создает такую дивную красоту, которая может только вдохновить настоящего художника.

Казалось, что все ее огорчения исчезли, когда она говорила, наблюдая за блестящими, неспокойными водами океана на фоне осеннего неба.

Владимир Николаевич ее прервал, — Освальд Шпенглер, немецкий философ, однажды написал, что культура творчества постепенно исчезает, и творчество становится поверхностным, уступая место бездушной цивилизации. Я должен с ним согласиться, но, тем не менее, наше умение чувствовать и наши эмоции никогда себя не исчерпают, и никогда не умрут. Их сила даст нам творческий импульс, который навсегда и неразрывно будет существовать, пока существует творческая натура. Мы находим вдохновение не только внутри себя, но и в красоте природы, которая дает нам творческую энергию. И да, я согласен с вами в том, что эмоциональный стресс побуждает к творчеству.

Ему нравился их разговор о творчестве, и он так увлекся, что не заметил сразу, как Ирина вдруг побледнела и схватила его за руку. Утренние краски исчезли с лица, и она задрожала всем телом.

— Пожалуйста, помогите мне дойти до моей каюты. Я очень устала, — прошептала она изменившимся слабым голосом и пошатнулась, почти потеряв сознание.

Он крепко подхватил ее за талию, и она облокотилась на его плечо, словно ища у него защиты. Не обращая на них никакого внимания, мимо проходили люди в поисках укрытия от холодных капель обрушившегося дождя.

У нее едва хватило сил добраться до кабины. Владимир Никола-евич помог ей лечь и снял ее легкие туфли. Он долго держал в руке ее запястье, нащупывая пульс. Все еще дрожа от холода, непохо-жим на нее повелительным голосом, Ирина потребовала чашку го-рячего чая.

Когда он вернулся, она уже спала, раздевшись и укрывшись лег-ким одеялом. Он долго наблюдал за ее спокойным во сне лицом. Грудь ее тяжело вздымалась, и контуры тела четко вырисовывались под тонким одеялом. И даже во сне она обладала особой привле-кательностью, которая разбудила в нем прежний, молодой, звери-ный инстинкт, давно забытое желание обладать. Теперь он уже не мог заставить себя уйти. Он удобно устроился в кресле возле кро-вати, и, наблюдая за спящей, вскоре тоже погрузился в глубокий сон.

* * * * *

Когда Владимир Николаевич проснулся, дождя уже не было, и комната, освещенная холодным, солнечным светом, казалась не-знакомой. Ирина была еще в постели, но уже не спала и радостно улыбалась ему.

– Вы чувствуете себя лучше?

Он потянулся и взял ее руку в свою.

– О, со мной все в порядке. Это просто моя сверхчувстви-тельность. Жизнь такая сложная и такая трагичная. Так страшно вдруг обнаружить в один прекрасный день то, что лежит там, за го-ризонтом, за той невидимой чертой, где темные воды океана сли-ваются с небом.

Ирина подняла голову над подушкой и посмотрела ему прямо в глаза, будто бы стараясь напомнить ему о вчерашнем вечере. Он почувствовал движение ее пальцев в своей руке и сжал их в ответ, давая ей понять, что он не забыл их странную встречу на палубе.

– Вы меня удивляете. Хотите рассказать мне свою историю? Ино-гда намного легче исповедаться незнакомцу, чем близкому челове-ку. Не правда ли? – сказал он, движимый любопытством, и, продол-жая сжимать ее пальцы в своей руке.

– Пожалуйста, отпустите мою руку. Вы делаете мне больно.

Она снова легла на подушку, почувствовав неожиданное голово-кружение.

– Однако это длинная и неинтересная история. И если честно, я не хочу наскучить вам. Я хочу только наслаждаться этим дивным путешествием и моим неожиданным знакомством с таким известным писателем. Моя история навеет на вас сон. Не смотрите на меня с сожалением,… пожалуйста…

Ирина кокетливо растянула слово «пожалуйста», а для Владимира Николаевича оно прозвучало как музыкальная нота, как прелюдия к длинной и гармоничной симфонии. Между тем, она продолжала, не обращая на него никакого внимания:

— Вот теперь я уже проголодалась, и мне нужен глоток свежего воздуха. Идите же теперь и ждите меня на палубе, — сказала Ирина твердо, и не как просьбу, а как приказание.

Было просто глупо с его стороны на чем-то настаивать, и Владимир Николаевич подчинился ей, как школьник подчиняется требованиям учителя. Он долго ждал ее на палубе, наблюдая за ясностью и чистотой осеннего неба и беспокойством тяжелых океанских волн. Он чувствовал на своем лице прикосновения холодного ветра и привкус соленых капель на губах, продолжая думать о ней. Он понимал, что она не была женщиной легкодоступной и легкомысленной, а наоборот, странной, глубокой и непонятной, тайну которой он намеревался разгадать.

Как писатель, Владимир Николаевич любил наблюдать за людьми, изучая их лица, их жизни, их поведение, их души. Он всегда старался скрывать свои эмоции на людях, заполняя ими страницы своих книг, находя в них спасение от переполнявших его чувств. Он знал одиночество, отчаяние, боль, и только его работа, его страстные увлечения интригами, тайнами, любовными историями, описываемых на страницах его книг, приносили ему облегчение. Он уже давно никого не любил – любовь жила только в его воображении. Он жаждал любви, острых чувств, переживаний, но все это было только иллюзией, как очертания незнакомой женщины, сливающейся с наступающими сумерками. Он больше не боялся страданий; он верил, что в один прекрасный день он найдет ее, ту единственную женщину, которая отдаст ему свою любовь навечно, в один прекрасный день…

Ирина появилась на палубе неожиданно, прервав поток его мыслей, врываясь в его жизнь с присущей ей фамильярностью.

— Я надеюсь, что не оторвала Вас от глубоких раздумий, — сказала она насмешливо, медленно растягивая каждое слово, будто читая его мысли.

— О, нет, Вы не прервали меня, как раз наоборот. Я ждал Вас. Мне нужно это легкое женское прикосновение, чтобы увести меня от моих мрачных мыслей.

Владимир Николаевич несколько оживился. Он был счастлив разделить с ней время и уже радовался ее присутствию, которое вызывало в нем самые разные чувства, – он жаждал любви, ему хотелось уйти от реальности, погрузиться в тайну неизведанного, недосягаемого. Солнце щедро дарило им свое тепло, и, купаясь в их горячих лучах, он уже предвкушал победу над ней, над ее капризным и упрямым характером.

– Как часто, – думал он, – курс событий, казавшийся недавно таким очевидным, вдруг становится непредсказуемым и необъяснимым. Наверное, так случается в жизни, что один момент может изменить твою жизнь навсегда.

В ту же ночь Ирина перешла в его каюту, будто бы страшась, что этот данный им момент счастья неожиданно оборвется. Теперь она была полностью ему подчинена.

Однако, данные им три счастливых дня, пролетели слишком быстро. Их путешествие подходило к концу, а Владимир Николаевич все еще ничего о ней не знал. Когда он старался завести разговор о ней, она мастерски переводила разговор на другую тему.

– Не усложняй, пожалуйста, не усложняй ничего, – требовала Ирина, нежно касаясь его руки, – пожалуйста, не возвращай меня в прошлое. Я счастлива этим моментом настоящего. Забудем завтра, вчера, окружающую нас реальность. Будем наслаждаться этим коротким сном. Я не хочу просыпаться. Мне хорошо. Я счастлива с тобой. Этот сон так прекрасен, так осязаем.

Однако счастье их было мимолетным, с горьким привкусом расставания. И хотя они оба понимали, что конец близок, они старались скрыть друг от друга это горькое чувство предстоящей разлуки. Его поразили та глубина взаимопонимания и завершенности, которые объединили их на это короткое время близости. Сложность ее ума, едва уловимая печаль, многосторонность ее глубоких знаний литературы, живописи, искусства, привлекали его как писателя, но душа ее все еще оставалась для него загадкой.

Их встреча подарили им целый каскад эмоций: чувственность и чуткость в понимании друг друга, глубину, волнение и тайну, а главное, новое назначение их земного существования. Все вокруг – и океан, и запах осени в холодном воздухе, и музыка набегающих волн, и шепот ветра – все это создавало грустную мелодию прощания. И это неожиданное чувство конца причиняло боль.

Они расстались на пирсе, где Ирину встречали муж и мать, сестра и кто-то еще – Владимир Николаевич не мог рассмотреть издалека их лиц. Он хотел исчезнуть, раствориться в толпе, чтобы не видеть всех этих людей, ее, обнимающую чужого мужчину. Его короткий сон потерял свою форму, стал реальным. Он поспешил домой, чтобы сесть за свой письменный стол и окунуться в прошлую жизнь – жизнь одинокого мечтателя. Он надеялся, что работа поможет ему забыть ее, убить память об этих трех, таких коротких, но счастливых днях его жизни.

Прошел еще один месяц в одиночестве, изоляции от мира, в работе над новым романом. Однако память и мысли о ней навязчиво возвращались к нему каждый прожитый без нее день, несмотря на все его старания забыть. Его писательское мастерство достигло новой высоты, в то время как новый роман начал четко вырисовываться на бумаге. Владимир Николаевич был рад воспроизвести те чувства, которые он испытал за эти дни, проведенные с его таинственной незнакомкой. Он был уверен, что к этому времени он уже сможет стереть память о ней, залечить боль потери и вернуться к своей каждодневной, рутинной работе писателя. Но он не мог. Он винил себя в том, что ничего не узнал ни о ней, ни о ее жизни. Он неожиданно перестал писать и проводил теперь время в полном бездействии. Жизнь потеряла для него свои яркие краски.

Еще один месяц прошел в бездействии, прежде чем Владимир Николаевич увидел ее снова. Он гулял по аллее парке, наблюдая, как скучный день завершающейся осени уходил в небытие. Только что начал накрапывать мелкий, холодный дождь, и небо затянулось тяжелыми, черными тучами. Осенняя мгла легла на дорожки парка. Она появилась перед ним неожиданно, будто бы кто-то раздвинул тяжелую завесу надвигающегося тумана. Ирина не видела его, вовлеченная в разговор с незнакомым мужчиной, возможно, ее мужем (он не мог вспомнить его лица). Ребенок лет трех крепко держал ее за руку. Она была бледна, но лицо ее было спокойно, и он не хотел нарушать ее покой своим неожиданным вторжением.

Как мог он знать, что вскоре после этой встречи она умрет от тяжелой и неизлечимой болезни, о том, как мечтала и боялась она снова увидеть его, боялась причинить ему ненужную боль? Как мог он знать, что эти три проведенных вместе дня, были самыми счастливыми днями в ее короткой жизни? Он так никогда об этом не узнает, и только осенняя мгла будет напоминать ему о том мимолетном эпизоде внезапного счастья в его такой богатой событиями, и все же такой одинокой жизни.

ПЛАКУЧАЯ ИВА

*П*итер Флор умер внезапно, в воскресенье вечером, накануне Нового, 1984 года. Чашка кофе осталась нетронутой на маленьком столике его просторного кабинета с широким окном, выходящим в зимний сад. Тетрадный листок бумаги лежал на полу возле кресла, где он обычно проводил вечера в одиночестве, погрузившись в глубокое раздумье о своей так и не сложившейся жизни. В тот самый момент, когда он начал свое путешествие в другой мир, Эльвира, его жена, суетилась на кухне, заканчивая последние приготовления к приходу дорогих гостей. Как могла она знать, что как раз в то время, когда она пекла пирог с грибами, её знаменитый муж умирал в своем кабинете, неудобно откинувшись на спинку старого кресла, а рядом на полу лежало неоконченное письмо к той единственной женщине, которую он всё ещё любил...

* * * * *

В их ничем не примечательной и спокойной жизни дневное чаепитие было важным событием. Особенно для его жены, когда она могла забыть о своих дневных заботах и безудержно щебетать о последних новостях, подхваченных у соседских кумушек. Что же касается его самого, то он каждый раз с нетерпением ждал подходящего момента, чтобы, наконец, укрыться в своей студии, подальше от её скучной болтовни.

В последнее время Питер Флор заметил, что силы начали его покидать. Он стал проводить меньше времени в студии за работой. Раньше он всегда источал вокруг себя неугасающую, искрящуюся энергию, был окружен друзьями и поклонниками. Но со временем он потерял интерес и к жизни, и к живописи, несмотря на то, что считался одним из самых выдающихся художников в Америке и за её пределами. Успех его недавней выставки в Москве превзошел все ожидания. Несколько дней назад он был удостоен высокой чести – его картины будут постоянно выставлены в Музее современного изобразительного искусства в Нью-Йорке. И, тем не менее…

* * * * *

В воскресенье утром, накануне Нового, 1984 года, Питер Флор нахлобучил на голову старую, русскую, меховую шапку, натянул тёплую куртку и вышел из дома расчищать дорожку в глубоком снегу. Ночной фонарь, укутанный липким снегом, раскачивался на ветру и при сильном порыве ронял на землю цепь причудливых, легко тающих снежинок, которые превращались в полёте в снежный дождь. Ветер всё ещё тащил на север мокрый снег, бросая обжигающие комья в лицо. Поле белого, слепящего снега искрилось в лучах холодного, зимнего солнца.

Питер Флор потёр замёрзшие руки и натянул шерстяные, зимние рукавицы. Он работал около часа, а, может быть, и больше, раскидывая снег, который закончился только около полуночи. Работа окончательно истощила его силы, и он почувствовал глубокую усталость. И хотя зимний пейзаж радовал глаз, сегодня Питер Флор не оценил его красоты. Все мысли его были поглощены полученным утром письмом, которое переполнило его больное сердце неожиданным счастьем и надеждой. В то же время горькие воспоминания прошлого, юности, нахлынули вдруг сильной волной, вытесняя первое чувство радостного возбуждения.

Даже, когда Эльвира ожесточённо бросила письмо на письменный стол и вышла из комнаты явно в плохом настроении, покачивая широкими бёдрами, Питер не остановил её, однако, вздрогнул от неожиданной боли в сердце при мысли, что когда-нибудь должен будет рассказать жене о своем прошлом. Он закрыл глаза как всегда, когда чувствовал боль. Конечно, он понимал, что было нечестно с его стороны иметь от жены секреты. Но это была тайна – что-то очень личное для него, святое, о чём он никогда никому не рассказывал, и рассказать не мог. Он женился на Эльвире поспешно, от одиночества, и так же быстро разочаровался в своей супружеской жизни. Постепенно он научился скрывать от жены свои истинные чувства.

Давно спрятанное на дне души прошлое вдруг вновь разбередило, выплыло наружу, больно ударило, сбило с ног, как сильная океанская волна. Он не любил рыться в тайных закоулках своей души, не разрешал себе открывать ту запретную дверь, но утреннее письмо застало его врасплох, насильно вернуло его в далёкие годы юности. У него не хватало сил стряхнуть с себя тяжелые мысли, чувство беспомощности перед прошлым, и, в то же время, странный трепет и давно забытое волнение охватили его. Он пронес через всю жизнь эту острую боль и это глубокое, беспредельное раскаяние.

Питер Флор неуверенной походкой прошёл ещё раз вокруг дома, отгребая комья мокрого снега, оттягивая время возвращения, боясь столкнуться опять лицом к лицу с женой, увидеть её ревнивый взгляд, услышать её надоевшие вопросы и пересказ всё тех же старых, соседских сплетен.

Питер остановился и задумался. Где они, его бывшие друзья? Он больше не мог пожать им руки, вести долгие задушевные разговоры, прислушиваясь к их спокойным, ласковым голосам. Никого из них уже нет в живых. Смерть унесла одного за другим всех дорогих ему людей. Но зачем ему думать о тех страшных событиях, которые каждый раз вызывают столь острое чувство вины? Время было тем барьером, за которым остались воспоминания о них, но и они постепенно растворились в памяти. В конце концов, он всегда был художником, и образы друзей сохранились у него в виде старых рисунков, которые он спрятал среди других ненужных бумаг. Но из тёмных углов его роскошного дома они продолжали следить за каждым его шагом, осуждая каждую ошибку, подслушивая тайные мысли. Это сводило его с ума, особенно ночью, когда они приходили в его тревожные сновидения, и он мог отчётливо видеть их живые лица, а не плоские рисунки из старого альбома. Они казались ему такими реальными, особенно она, единственная женщина, которую он всё ещё продолжал любить…. Давно не ощущал он такого раскаяния и такой нежности в своем усталом и больном сердце, как этим утром, когда он получил её неожиданное письмо. Как мог он знать, что она осталась жива?

Вместо того, чтобы вернуться в дом через главный вход, Питер Флор вошел через боковую дверь, которая вела прямо в его студию. Шатаясь, двигался он по темному коридору, оставляя за собой лужи растаявшего снега. Дверь в студию оказалась широко распахнутой, будто кто-то в спешке забыл её закрыть. На столе, возле окна он нашёл разбросанные старые рисунки. Рука невольно потянулась к изображению Ривки, сделанному незадолго до их последней встречи. Рисунок почему-то оказался поверх других бумаг. Он взял старый, пожелтевший листок и поднес к глазам. Его всегда поражало, как девушка могла иметь такой серьёзный и глубокий взгляд. Её глаза карего цвета, с яркими солнечными искорками, смотрели прямо в его душу без всякого намека на укор. Глаза женщины, которая так его любила, его единственной жены…

Питер Флор оглядел студию, в которой царил полный беспорядок. Письмо пришло утром распечатанным, и Эльвира, движимая любопытством, его, конечно, прочитала, чем и объяснялось её странное поведение. Она сделала еще одну попытку проникнуть в его прошлое, в то, что было ему так дорого, так свято. Он содрогнулся при мысли, что жена рылась в его бумагах. Питер Флор тяжело опустился в старое кресло и закрыл лицо руками. Острая сердечная боль снова пронзила тело…

* * * * *

Во время обеда Питер Флор не произнес ни одного слова. Жена тоже необычно долго молчала, видимо, думая о своём утреннем открытии. И только стук посуды нарушал неприятную тишину.

— Ты будешь пить кофе или чай?

Эльвира пыталась теперь втянуть его в разговор, но он даже не удостоил её ответом. Вместо этого он поднялся и с чашкой кофе отправился в кабинет. Через несколько часов должны были придти гости, а ему так хотелось именно сегодня побыть одному. Питер Флор долго стоял у окна, пока темное вечернее небо не слилось с землей в одно густое непроницаемое месиво. На оконном стекле, раскрашенном иссиня-черной краской наступающей ночи, стало вырисовываться Ривкино молодое, такое желанное и знакомое лицо, на котором всё ещё был написан ужас. А потом он увидел её всю, как тогда, в последний раз, — руки, протянутые к нему, умоляющие его о спасении. Он услышал её мелодичный голос: «Я обещаю тебе, что никогда, никогда не буду любить никого, только тебя одного. На всю жизнь…. Я никогда не буду женой другого…».

Питер Флор почувствовал, что сходит с ума. Он дотронулся дрожащей рукой до стекла, и образ Ривки исчез в ночи. Поёжившись от холода, он подошел к письменному столу и поспешно достал из ящика чистый, тетрадный лист бумаги и ручку. Затем удобно устроился в кресле, укутав ноги старым, шерстяным пледом. Пришло время писать ответ на полученное утром письмо. Но вместо того чтобы начать писать, он закрыл глаза и погрузился в тяжелую дрему. Старые, давно забытые образы из далекой юности стали медленно наплывать, проникать в настоящее и возвращать его в прошлое…

* * * * *

Нарастающий на дворе шум разбудил его неожиданно. Петя Фролов потянулся всем своим молодым, крепким телом и лениво вытащил ноги из-под тёплого одеяла, засунув их в рваные отцовские тапки. Родители ещё спали в соседней комнате. Серое, угрюмое утро только что опустилось на спящий город. Густые облака мрачно нависли над крышами домов. Петя посмотрел на часы с кукушкой, и в тот же самый момент часы прокуковали пять раз, пять часов утра — время вставать. Сегодня вечером он собирался просить благословения Ривкиного отца на брак с его старшей дочерью. Он надеялся на согласие, несмотря на то, что он был русским, а Ривка — еврейкой.

Ривка считалась самой красивой девушкой в их небольшом, провинциальном городке и отвечала на его пылкие чувства взаимностью. Он вспомнил их последний разговор под плакучей ивой. Как мечтали они построить уютный домик с множеством цветов вокруг и иметь много детей. Но сначала Ривка хотела пойти учиться на врача, и он, конечно, не возражал — он ею очень гордился. У него была своя мечта — стать большим художником. Вечер был тихий и тёплый, и только порывы ветра иногда приносили речную прохладу. Река называлась Березина и опоясывала город с юга и запада. Они погрузили свои возбужденные лица во влажную траву. Петя дотянулся рукой до лежащей рядом Ривки, провёл рукой по её густым, вьющимся волосам, по нежной коже в вырезе платья. Рука его стала всё настойчивей двигаться по её обнаженной груди. Она резко оттолкнула его руку.

— Нет, Петя, нет, пожалуйста, не сейчас. — Ривка повернула к нему свое грустное, задумчивое лицо и опустила глаза. Но Пётр не слушал и не слышал её слов, жадно потянувшись к её губам.

— Будь моей женой, Ривка. Будешь, будешь? — шептал он лихорадочно между горячими поцелуями, не в состоянии убрать руки от её нежного, податливого тела.

— Ты должен сначала просить благословения моего отца, — говорила она прерывисто, — без его благословения я не могу стать твоей женой. Постарайся уговорить его, хотя я знаю, что это будет нелегко. Но я обещаю тебе, что никогда, никогда не буду любить никого, только тебя одного. На всю жизнь.... Я никогда не буду женой другого...

Она больше не сопротивлялась желаниям его губ, его рук, его тела. В этот вечер Ривка стала его невенчанной женой.

* * * * *

Петя мельком взглянул на календарь – 22 июня 1941 года. Только вчера он обещал Ривке прийти к её отцу. Шум за окном становился всё громче, пока кто-то настойчиво не забарабанил в дверь.

– Петька, ленивец, ты чего там спишь, открывай. Слышь?

Петькина мать появилась на пороге, спросонья нечёсаная, в ночной полотняной рубашке, натягивая на ходу лёгкий, ситцевый халат.

– Петя, ну что стоишь, открой дверь, да спроси сначала кто, слышишь?

Пётр стряхнул видение Ривки и машинально посмотрел в окно. На улице толпились заспанные соседи. Теперь, предчувствуя что-то неладное, он поторопился открыть дверь. Тишка, соседский мальчишка стоял на пороге, шмыгая сопливым носом.

Переминаясь с ноги на ногу, он говорил тихим взволнованным голосом, заглатывая слова:

– Ты, дурная башка, включи репродуктор. Пока ты спал, немцы на нас напали. Весь город кипит, а ты тут всё спишь...

Пётр не ответил, но сердито нахмурился. Он бросил косой взгляд на мать и заметил, как она тяжело прислонилась к двери. Раскаты летнего грома послышались совсем близко, так близко, что Пётр даже вздрогнул, приняв их за шум немецких самолётов, кружащихся над городом. Он не видел, как отец мрачно прошаркал в комнату в одном нижнем белье и включил репродуктор.

– Сегодня, в 4 часа утра, без предъявления каких-либо претензий к Советскому Союзу, без объявления войны, германские войска напали на нашу страну, атаковали наши границы во многих местах и подвергли бомбёжке со своих самолётов наши города – Житомир, Киев, Севастополь, Каунас и некоторые другие, причем убито и ранено более двухсот человек...

Знакомый и тревожный голос Вячеслава Молотова был слышен даже на улице. Толпа смолкла, завороженная его речью.

– Правительство призывает вас, граждане и гражданки Советского Союза, еще теснее сплотить свои ряды вокруг нашей славной большевистской партии, вокруг нашего Советского правительства, вокруг нашего великого вождя, товарища Сталина. Наше дело правое. Враг будет разбит. Победа будет за нами!

Громко рыдала Петина мать, производя при этом странные гортанные звуки. И даже отец, обычно такой разговорчивый, молча плакал, закрыв морщинистое лицо большими, мозолистыми руками. Никогда раньше Петя не видел отца плачущим. И только сейчас, глядя на него, дошёл до него весь ужас произнесённых Молотовым слов, и страх охватил всё его существо.

Пётр обвел взглядом толпу соседей, собравшихся под окном. В глубоком молчании застыли они неподвижно, и только громкий голос Молотова, доносящийся до них из старого репродуктора, прорезал зловещую тишину. Петя открыл окно, и толпа зашевелилась. До него донеслись обрывки их разговоров. Один из соседей только что вернулся из Минска и рассказывал, будто немцы уже недалеко от города и скоро придут и в их город, Борисов.

— Мы ведь всего шестьдесят километров от Минска, — произнес он в бороду.

— Когда ты думаешь, они будут здесь? — задала вопрос молодая женщина в ярком, цветном сарафане.

— Всё зависит от скорости их продвижения. Я думаю, что им понадобится меньше месяца, чтобы добраться до нашего города.

— Что же мы будем делать? — прозвучал полный тревоги голос молодой женщины. На руках у неё плакал маленький ребёнок.

— Кто знает? Кто знает, что теперь делать! Страшно подумать, что нас всех ждёт. Я уверен, что они превратят в прах всё, что попадётся им на пути. Тяжёлые дни ещё впереди...

Неожиданно пошёл косой, летний дождь. Нахмурилось борисовское небо, предчувствуя недоброе. Пронёсся по земле ураганный ветер, унося с собой в неизвестность их мечты и будущие надежды...

* * * * *

Пётр не видел Ривку целый день. Он беспокоился о ней, о встрече с её отцом, но больше всего — о том, что же случится с ними. Его родители решили покинуть город и двигаться дальше вглубь страны, где у них были дальние родственники. Петя помогал им собираться, суетился по дому, но решительно отказался к ним присоединиться. Утром у него произошёл долгий и неприятный разговор с отцом, которому он, наконец, сообщил о своём намерении жениться на Ривке. Это признание повергло отца в ярость.

— Ты что, спятил? Жениться на еврейке сейчас? Я запрещаю тебе даже думать о ней. Она, вместе со всей своей семьёй, потянет тебя за собой в пропасть. Плохое у меня чувство на этот счет! — кричал он не своим голосом, с лицом, искажённым злобой.

Но все было напрасно, Петя был непреклонен. Наконец, отец успокоился, и не потому, что Петру удалось его убедить, а потому, что он знал неукротимый и упрямый характер сына. Больше отец не произнес ни одного слова.

В полдень в доме собрались родственники и соседи из окрестных домов. Столовая гудела взволнованными, громкими голосами неожиданных гостей, пришедших к отцу за мудрым советом. Мать поставила на стол горячую, отварную картошку, селёдку с кольцами нарезанного лука, свежие, лоснящиеся помидоры со своего огорода и бутылку водки для поднятия духа. Они засиделись допоздна, обсуждая случившееся, понося немцев и собственную судьбу.

Во время их горячих споров Петру удалось ускользнуть из дома. Он неотступно думал о Ривке, о её тихом, мелодичном голосе, мягких, податливых губах, её ласковых руках. Он нащупал обручальное кольцо в кармане брюк, и странное предчувствие охватило его вместе со страстным желанием увидеть её снова. Пётр осторожно пробирался между домов, прячась за высокими, раскидистыми деревьями. Вдали темнел хвойный, пахучий лес, тянуло влагой с реки. Но в этом покое царила тревога, ощущение чего-то страшного и неожиданного. Когда, наконец, он подошёл к её дому, был уже поздний вечер; темнота набросила на город черную тень. Петя осторожно постучал в дверь. Ривкин младший брат Мойша открыл ему, но увидев Петра, тут же приложил палец к губам, давая понять, что в доме что-то произошло. И, действительно, очень скоро на крыльце появилась Ривка с заплаканным лицом. Она кивнула и подала ему знак ждать её на улице. Вскоре она опять показалась на пороге и быстро пошла в темноте, дальше от дома, от родных, от соседей, еще не ведающих, что ждет их завтра. Пётр едва за ней поспевал. Наконец, она остановилась и легко опустилась на траву под плакучей ивой, приглашая его сесть рядом с ней. Она больше не плакала, но лицо её выражало смертельное беспокойство и усталость.

— Послушай, Петя, немцы могут появиться в нашем городе в любую минуту. Для всех нас оставаться здесь становится опасным, но отец мой отказывается уезжать. И я тоже не хочу оставлять здесь родителей одних. Я рассказала вчера отцу о нашем решении, умоляла понять, но он ответил твердо, что пока он жив, никогда, никогда не разрешит мне быть твоей женой. Что же мы теперь будем делать?

Она посмотрела на него, и в её глазах было столько горя, столько тоски! Луна неожиданно выплыла из-за туч, и жёлтая тень упала на её взволнованное лицо, отразилась в глазах, цвет которых вдруг превратился из карего в зелёный. *Почти как цвет летней травы,* — подумал Пётр.

Он долго размышлял над Ривкиными последними словами.

– Ну что ж, тогда мы сами примем решение. Мы завтра же распишемся без согласия наших родителей. Пока мы об этом никому не расскажем, Ривка, но когда война закончится, когда мы победим этих проклятых фашистов, мы раскроем наш секрет, и тогда они должны будут благословить нас, как мужа и жену.

Ривка подняла брови, удивлённая его неожиданно смелым решением, и не ответила. Петя печально ей улыбнулся, всё ещё наблюдая, как лунные отблески пробежали по рябой поверхности засыпающей реки и утонули в её глубине. Где-то рядом плеснула рыба и, пустив серебряные пузырьки, скрылась из виду. Пётр вздрогнул и притянул Ривку к себе. Он нежно поцеловал её в теплые губы. Плакучая ива зашелестела листвой и низко склонилась над ними, будто хотела защитить их мимолетное счастье от надвигающейся беды.

Когда они вернулись домой, ночь была уже на исходе. Луна исчезла за горизонтом, словно порывистый ветер толкнул её куда-то в бездну, освободив место первым лучам июньского солнца.

На следующий день Ривка и Пётр тайно расписались в соседнем городе.

* * * * *

Второго июля немецкая армия вторглась в Борисов. Как дикие звери, разрушали фашисты всё на своем пути. Со дня их вторжения всё еврейское население должно было носить жёлтую звезду. Пётр и Ривка теперь встречались редко. Пётр должен был присоединиться к Красной армии – он уже получил повестку, но оккупация и паника, охватившая город, разрушили его планы. Ривка и её семья боялись лишний раз выйти на улицу. Теперь они проводили большую часть времени дома в полном одиночестве и в страхе за свою жизнь.

Вскоре весь город кипел новостями – нацисты построили шесть лагерей смерти. В конце лета 1941 года первое еврейское гетто было разбито немцами за пределами Борисова. Оно заняло несколько деревенских кварталов. Славянскому населению было строго приказано освободить собственные дома и переехать в дома захваченных евреев, которых ожидала скорая смерть. Гетто окружала колючая, металлическая проволока, и единственные ворота охранялись полицаями и местными жителями, которые поддерживали немецкую оккупацию. Расправа над евреями началась сразу с невероятной жестокостью. За это время до Петра дошли слухи, что те русские, которые пытались спасти своих еврейских жён, мужей и детей, были зверски убиты. Пётр не мог спать ночами, думая о том, как спасти Ривку, но ни одна из его идей не казалась возможной. Он всё ещё искал пути, как укрыть её от глаз гестапо, когда до него дошли вести о гетто.

В тот же вечер, осторожно прячась в тени домов, Петя направился к реке на встречу с Ривкой, но Ривка не пришла. Плакучая ива одиноко стояла на берегу, низко склонившись над рекой. Со страшным предчувствием Пётр поспешил к её дому. То, что он там увидел, запечатлелось в его памяти навсегда. Небольшой, зелёный грузовик, с нарисованной на нём свастикой, стоял возле Ривкиного дома, в то время как два немецких офицера волокли из дома Ривкиных младших брата и сестру. Дети громко кричали и отчаянно сопротивлялись, хватаясь за руки родителей, за которыми безропотно шла Ривка. Лицо её было смертельно бледным, густые волосы — коротко подстрижены. Толпа молча наблюдала страшную сцену. Люди прекрасно знали, куда увозили немцы их соседей — в один из лагерей смерти на окраине Борисова. Пётр подошёл ближе, чтобы лучше увидеть, что происходит. В тот же момент он заметил Ривкино бледное лицо. На нём не было слёз, — только чувство смятения и неверия в ужас происходящего.

Ривка тоже увидела его в толпе: *«Петя… Петя…»*, — тихо прошептала она бледными губами, глядя прямо, в самую глубину его широко открытых, испуганных глаз. В её глазах на миг промелькнула вспышка надежды, но еще там был страх, страх не только за свою собственную жизнь, но и за его тоже…

Да, Пётр услышал и понял её молчаливую мольбу, и, тем не менее, по каким-то странным причинам остался неподвижен, будто он ослеп или оглох от горя. Слова отца всё ещё звучали у него в ушах: *«Разве ты еще не понял, что все мы обречены погибнуть. Она, вместе со всей своей семьёй, потянет тебя за собой в пропасть?»*. Петя вздрогнул и почувствовал, что в этот самый момент он готов был провалиться сквозь землю, стать невидимым. Какие-то силы, страх за собственную жизнь сковали всё его тело, и он стоял так, не двигаясь, пока его не оттеснила толпа.

Молодой немец в новой зелёной униформе, с холодными, стеклянными глазами и омерзительным жёлтым лицом, заметив, что они обменялись взглядами, ударил Ривку со всей силы палкой по лицу. Она упала на колени, а он продолжал бить её куда попало до тех пор, пока тело её не покрылось красными рубцами. Она не кричала, не плакала, не молила о помощи. Её бывшие друзья и соседи спокойно наблюдали, как немец втолкнул почти безжизненное тело девушки в уродливый, зелёный грузовик. Да и как могли они ей помочь? Все они боялись за свою жизнь.

В ужасе наблюдал Пётр как зелёный грузовик отъехал от дома. Он слышал плач детей и причитания Ривкиных родителей. А затем, будто пробудившись от страшного сна, Пётр побежал за грузовиком в надежде, что он ещё может спасти Ривку. Только густое облако пыли и пелена чёрной ночи отгораживали его от любимой женщины. Но силуэт грузовика уже исчез за поворотом. Пётр упал на землю, рыдая, и умоляя Бога и Ривку его простить.

— Трус, трус, трус…, — презрительно шептал ветер в самое ухо, — ты мог её спасти. Почему ты этого не сделал? Почему? Ты испугался за свою собственную жизнь, но как же Ривка, твоя любовь к ней? Настоящая ли она?

— Я люблю её…, — попытался ответить он, но ветер уже унёсся дальше, оставив его наедине со своим горем.

В ту ночь жизнь для Петра закончилась — он не жил, а существовал, не замечая происходящего вокруг. На следующий вечер, под прикрытием темноты, Пётр взял маленькую котомку, тёплый свитер, шапку и отправился на поиски тех, кто боролся с врагами его народа. Вскоре Пётр Фролов присоединился к Красной армии. Он так и не узнал, как погибла Ривка. Только позже ему удалось выяснить, что 20 октября 1941 года все обитатели гетто были уничтожены. Тридцать три тысячи борисовских евреев были расстреляны и похоронены в одной общей могиле на окраине города. Во время войны Пётр попал в плен и был отправлен в один из немецких концлагерей. После освобождения он уже не вернулся домой — долго жил в Германии, и только в конце пятидесятых уехал в Америку.

* * * * *

Питер Флор отпил из чашки холодного кофе, обвёл взглядом знакомую комнату, картины на стене — старые знакомые пейзажи, поёжился от вечернего холода и поправил сползший на пол плед. Мысли о Ривке, о прошлом не покидали его…. Он долго сидел задумавшись, забыв о времени, о настоящем. Потом неожиданно встрепенулся, будто вспомнив о чём-то, и зажёг настольную лампу. Полоса жёлтого света упала на журнальный столик. Питер Флор посмотрел на письмо, которое утром жена бросила ему на стол, и, вытащив его из конверта, стал медленно перечитывать. Горячие слезы наворачивались на глаза, пока он держал в руках маленький листок бумаги, письмо из далекого прошлого.

«О, мой дорогой, любимый Петя…. Ты жив, и ты здоров…. Так много лет я молилась за твою душу. Я пыталась тебя разыскать, но всё напрасно…. И только вчера, когда я посетила выставку работ американского художника Питера Флора,… что-то оборвалось внутри. Хотя настоящее потрясение пришло тогда, когда я увидела твои работы…. Каждая из них была эхом из прошлого. Я сразу узнала знакомые пейзажи: реку, текущую в неизвестность, густые, хвойные леса, сломанные ветки деревьев, сожжённые войной хаты, луга, покрытые дикими цветами, и плакучую иву, склонённую над рекой, ту самую, где ты поцеловал меня в последний раз. Я шла по залам выставки как во сне. Воспоминания возвращали меня в дорогие моему сердцу места. Все события далекого прошлого вновь захлестнули, растревожили. И только одна мысль пульсировала в виске: «Ты жив…ты остался жив…». Я провела несколько минут у своего портрета, который ты, вероятно, скопировал с того наброска, когда я позировала тебе перед расставанием. Помнишь ли ты все это? Помнишь ли? Я видела портрет твоей жены – она очень красивая женщина. Ты, наверное, с ней очень счастлив. Я так и не вышла замуж, я так никого и не полюбила. Ты остался моим единственным, моим любимым… моим мужем… Я искала тебя всю жизнь. Как могла я знать, что ты живешь в Америке, что ты, возможно, счастлив в браке с другой женщиной? Пытался ли ты когда-нибудь меня найти? Я только могу себе представить, как удивит тебя мое письмо. Ты, наверное, думал, что я погибла вместе с другими в те страшные дни войны. Да, моя душа умерла тогда вместе с моими братом и сестрой, отцом и матерью, и многими невинными жертвами фашизма. Меня бросили поверх других тел в общую могилу и засыпали землей, но мое раненое тело боролось со смертью. Я была еще жива. Под покровом ночи мне удалось выбраться из могилы и кое-как добраться до проезжей дороги. Там меня и подобрал местный крестьянин. Он прятал меня в подвале своего дома до тех пор, пока я не оправилась от ран. Вскоре, с его помощью я смогла присоединиться к отряду местных партизан. Все эти долгие годы я думала о тебе. Как я мечтала тебя снова увидеть!

Наша любовь дала мне силы выжить. Не думай, что я тебя виню в том, что со мной случилось. Это не твоя вина! У тебя был выбор – или умереть со мной в общей могиле, или остаться жить. Ты выбрал последнее. Я понимаю тебя. Всю мою семью расстреляли, и никто, никто не мог их спасти. Извини, что я беспокою тебя своим письмом, но, пожалуйста, Петя, умоляю тебя ответить на мое письмо. Я хочу знать всё о твоей жизни: как ты прожил все эти годы, вспоминаешь ли ты меня и наши встречи у реки под старой плакучей ивой.
Все еще любящая тебя,
Твоя Ривка»

УМИРАЮЩАЯ СЛАВА

Было около восьми часов вечера, когда профессор Теодор Минский вернулся домой с работы. Не обращая внимания на жену, которая ждала его к обеду, он поспешно бросил в прихожей на стул пальто и шапку и тотчас отправился в музыкальную комнату, его любимое место в доме, где он хранил свою коллекцию Фламандских и Голландских живописцев. Особенно выделялся на стене портрет английского короля Карла I, работы фламандского художника Антония Ван Дейка. Рядом висели небольшие рисунки художников 17 века.

Овальная комната с высоким, лепным потолком была оклеена светлосерыми, рельефными обоями, а из большого, на всю стену окна проникал лунный свет, бросая тонкие блики на картины в тяжелых, золотых рамах, хаотично развешенных вдоль стен. Музыкальная комната примыкала к небольшому кабинету с окном, выходящим в японский сад. Напротив окна висела старинная коллекция рапир, украшенных белой и розовой эмалью, некоторые были инкрустированы осколками бриллиантов в золотом оформлении. Он не мог объяснить, чем его так привлекало это старинное оружие. Возможно, что оно олицетворяло его вечное желание полной власти над всем, к чему он прикасался. Такую славу он мог достичь только таким оружием, которое он мог заострить и довести до блеска, до совершенства.

В углу комнаты горел камин, у которого, удобно примостившись, дремала старая собака – его верный и единственный друг. Искры из камина переливались в бриллиантовых осколках рапир разными причудливыми цветами. Теодор Минский сел к роялю и задумался. Сегодня он не мог переносить одиночества в этом красивом и холодном доме. Ему всегда нравилось быть среди людей, чувствовать свою власть над ними.

Профессор Минский был человеком практичным и никогда не тратил свое время зря. Только иногда он разрешал себе мечтать о несбывшемся – о карьере оперного певца или большого писателя. Как часто представлял он себе, что книга его мемуаров имеет грандиозный успех, а он, переворачивая ее страницы, будет снова рассматривать старые фотографии – его жизнь в науке, его долгое путешествие по тернистой дороге из маленького, провинциального русского городка к президенту большой биотехнологической компании в Америке. Он еще точно не знал, о чем бы он писал в этой книге своей жизни, – возможно, о борьбе за выживание в научном мире, о своих научных открытиях, научной правде и чести ученого. Книга могла бы послужить сценарием для пьесы, в которой молодой и честолюбивый ученый выживает своего любимого учителя, и занимает его место.

Сегодня как-то особенно он чувствовал себя совершенно разбитым после долгого рабочего дня. Эксперименты с новой вакциной давали отрицательные результаты. В группе ученых начался разлад – кто-то пытался фальсифицировать данные. Он догадывался, кто мог это сделать, но разбираться не хотелось. Он слишком устал от всех этих научных интриг и постоянных разборок. Нужны были результаты, а их не было. Последнее время тяжелые мысли о смерти часто посещали его. Было почему-то грустно. Холодный, мелкий, осенний дождь тревожно стучал в окно. Ветер раскачивал тонкую ветку старого дерева, которая, как извивающаяся змея, то появлялась в квадрате окна, то снова исчезала, словно манила его в неизвестность, прочь из этого мрачного дома.

Из столовой доносились голоса прислуги и крики жены. Все было привычно, как каждый день его жизни, но сегодня он вдруг отчетливо почувствовал, что устал и от жены, и от этого размеренного быта, и от самой, когда-то такой любимой работы. Сколько раз он давал себе слово бросить все и уехать куда-нибудь далеко, от этой суматошной и насыщенной жизни, туда, где тишина и покой, где он мог бы полностью предаться своим мечтам.

Профессор Минский внимательно обвел глазами комнату. Да, когда-то он так гордился своим домом, этой красивой комнатой, куда он мог уйти после тяжелого рабочего дня от всех дневных неприятностей, закрыться наедине со своими мыслями, погрузиться в любимый им мир музыки, литературы, искусства.

Именно сейчас, как никогда, поддавшись сентиментальным настроениям, ему хотелось играть Брамса. Это был его любимый композитор, который всегда помогал ему найти баланс после трудного рабочего дня. Музыка заполнила комнату восторженными, романтическими звуками. Даже черты лица урода, изображенного на картине, висевшей напротив рояля, казалось, смягчили свое дьявольское выражение, тронутые красотой музыки Брамса.

Это была картина под названием «Смерть скряги», голландского живописца Иеронима Босха, мастера чудовищного, первооткрывателя подсознательного, эксцентричного художника с больным воображением, любимого художника профессора. Босх был художник-символист с необычным виденьем мира, странным и диким воображением, где преобладала победа греха и смерти. Профессор купил эту картину на аукционе в Лейпциге, в Германии. В сопроводительном каталоге к ней он прочитал, что «Смерть скряги» была написана художником как предостережение каждому, кто хватался за все жизненные удовольствия без всякого разбора и не был готов к последствиям такой жизни – к смерти. Кого такая картина могла оставить равнодушным? Профессор постоянно ее рассматривал и всем сердцем чувствовал ее магическое действие.

На этом большом полотне Босх разыграл неприятную сцену. Обнаженный, умирающий человек, когда-то обладавший силой и богатством, борется за свою жизнь. Он появляется на картине дважды. Второй раз он одет в дорогие одежды, на шее золотые украшения, которые он копил всю свою жизнь. За спиной и над кроватью умирающего притаились демоны. За дверью прячется смерть, завернутая в белое одеяние. Она пришла за ним…. Что случилось в конце со скрягой зрителю неизвестно. Наверное, ему пришлось оставить сопротивление и принять смерть, как неизбежное.

Часто любуясь этим шедевром, профессор раздумывал о своей собственной смерти, которой он так панически боялся. Он видел ее в виде демона, с которым он будет сражаться до последнего дыхания. Однако он не знал, сколько времени осталось ему жить, и потому старался взять от жизни как можно больше. Его самым заветным желанием было построить себе пожизненный монумент, оставить после своей смерти след в науке. Его путь в стихии времени не должен был быть напрасным.

Профессор Минский был одним из величайших американских ученых, «столп науки», как его называли его коллеги. Он же чувствовал, что наградой за его труды будет та лепта, которую он внес в эту науку, и которая будет вписана в страницу истории золотыми буквами. Так же, как и Наполеон Бонапарт, он обладал удивительной памятью и страстной жаждой жизни, и славы. В начале своей карьеры, когда он был еще молодым, профессор Минский мечтал завоевать науку, найти ключ к лечению многих неизлечимых заболеваний. Время летело быстро, быстрее, чем он даже мог себе представить. Неосуществленные мечты его больше не тревожили. Он взглянул на себя в зеркало, и боль заволокла ему глаза – он так заметно состарился за последние десять лет.

Профессор вздохнул, отогнал от себя навязчивые мысли и направился наверх, в спальню. Жена была уже в постели – она читала свою любимую книгу – «Сто лет одиночества», не обращая на мужа ни малейшего внимания, чтобы избежать обычного, неприятного разговора. Она любила его всю свою жизнь – глубоко и преданно, но счастлива никогда не была с человеком, который управлял ее жизнью, контролировал каждый ее шаг и никогда не был ей предан. Она всегда была только его тенью. Он, не произнося ни одного слова и не взглянув на жену, взял с тумбочки свои очки и книгу Артура Рембо, и направился в кабинет, что-то напевая себе под нос.

Его преданная собака свернулась калачиком в углу возле камина и спокойно отдыхала, наслаждаясь теплом и потрескиванием сухих дров. Профессор удобно устроился в своем любимом кресле, протянул ноги ближе к огню и уставился на танцующие в камине поленья. Он устал и чувствовал, как тяжело давят годы на его сгорбленные плечи. Откинувшись на спинку кресла, он на секунду закрыл глаза, постепенно погружаясь в сон. Профессор Минский возвращался во сне в прошлое, в юность, переворачивая страницы своей жизни, где он видел себя опять молодым и красивым, окруженным родителями и многочисленными друзьями. Он смотрел на летающих над ним ангелов, поющих своими чистыми, тонкими голосами. Белые облака, похожие на танцующих в белых, свадебных платьях невест, медленно кружились над головой.

Но неожиданно, сквозь эти белые облака, проступило знакомое лицо с картины Босха, лицо, искаженное гримасой, с растрепанными, стоящими дыбом волосами на удлиненном скальпе, и вытаращенными, нагло смеющимися над ним, глазами. Это была сама смерть, закутанная в белую длинную накидку, уставившаяся на него в упор и протянувшая к нему свои длинные, костлявые руки. Он слышал свой собственный испуганный голос, громко лающий, как собака. Когда он, наконец, открыл глаза, собака все еще спокойно спала, свернувшись калачиком у его ног, и огонь в камне едва теплился. Он подбросил дров в камин и взглянул на часы. Было уже далеко за полночь. Дом был погружен в ночную тишину. На-стольная лампа с шелковым, выцветшим абажуром отбрасывала на ковер полосу желтого, мерцающего света. Он выключил лампу, и комната погрузилась во мрак, только тени от пламени в камине освещали его усталое лицо.

За окном все также шумел дождь, и раскачивалась в окне оди-нокая ветка, извиваясь от порывов ветра. Он подумал о приближа-ющейся зиме, о еще одном прожитом отрезке времени. Что-то больно сдавило сердце и стало трудно дышать. Профессор замер, боясь пошевелиться в ожидании нового приступа боли. Когда боль отступила, он со вздохом облегчения сбросил тяжелый плед и при-поднялся с кресла. Но сердце снова неприятно заныло, и он с тру-дом сделал несколько шагов по комнате. Думал позвать жену, но вспомнив ее недавнюю перебранку с прислугой, передумал.

И вновь погрузившись в свое удобное кресло, он медленно обвел комнату затуманенными глазами. Профессор Минский подумал о том, что был всегда окружен этими прекрасными вещами – ста-ринной мебелью, дорогими картинами в золотых рамах, античными вазами, бронзовыми скульптурами, которые он с таким увлечением собирал всю свою жизнь, но чего-то недоставало ему и в этом доме, и в этой жизни. Он наклонил голову и уставился на угасающие в камине поленья, медленно переходя из мира реального в мир вос-поминаний и размышлений. Неожиданно ему показалось, что где-то скрипнула дверь. Он насторожено прислушался, но в доме все было тихо, только узкая полоска света просочилась сквозь щель в двери.

– Боже мой, – подумал профессор, – и здесь они не могут оста-вить меня в покое.

Тихо приоткрылась дверь, и в комнате, как белое приведение, появилась жена в длинной ночной рубашке.

– Это за мной пришла смерть, – странная мысль промелькнула в его голове, и он напряженно уставился в темноту.

Наконец, щелкнул верхний выключатель, и яркая полоса света поглотила мрак, выхватив из темноты его одинокую фигуру.

– Почему ты не идешь спать? – недовольно прошипела она, уста-вившись на мужа своими светлыми, острыми глазами.

Он невольно зажмурился от яркого света. Холодный пот мелким бисером выступил на лбу. Профессор подался вперед и съежился, как ребенок, которого вдруг застали на месте преступления. Как в этот момент он ненавидел ее и жалел. Жалел за ту боль, которую он постоянно ей причинял своим невниманием, постоянными обманами, нелюбовью. Ненавидел за то, что она все видела, понимала, но не уходила и не упрекала. Он создал ей удобную жизнь, ни в чем ее не ограничивая, ни потакая, ни о чем не спрашивая. Он дал ей полную свободу, но взамен требовал того же. И вдруг, резко поднявшись с кресла, он впервые за свою жизнь закричал на жену громким, хриплым, почти истерическим голосом.

– Оставь меня, наконец, слышишь, оставь меня хоть на один вечер в покое. Я устал от тебя, от твоих слежек, подозрений. Даже в своем собственном доме у меня нет свободы. Боже мой, боже мой, как же я тебя ненавижу.

Жена попятилась назад и, не выключая света, не проронив ни слова, вышла из комнаты. Профессор почувствовал, как против его воли поползла по щеке тяжелая слеза. Он еще больше сгорбился, как от удара, и осторожно ступая по мягкому ковру, подошел к выключателю, что-то невнятно бормоча себе под нос. И только снова погрузившись в кресло, он почувствовал, что весь дрожит, не то от холода, не то от гнева. Глаза его опять затуманились от слез – такое с ним еще никогда не случалось.

Было грустно от того, что жизнь подходила к концу, а он так и не сделал выдающегося открытия, которое могло бы выдвинуть его в число лучших ученых мира. Он написал много научных статей, книг, но этого было недостаточно. Хотелось большого, чего-то грандиозного, чтобы слава его стала настоящей, неумирающей. Но он, как ученый, уже давно исчерпал все свои идеи.

С каким блаженством вспоминал он свою молодость, свою громкую славу. У него был успех не только в науке, его любили женщины, много женщин, но все они уходили постепенно из его жизни, одних бросал он, другие оставляли его. Он никогда не оглядывался назад, никогда не сожалел. Он знал «love does not last long». И только Рамона, его секретарша, оставалась ему самым близким и дорогим человеком. Она могла часами слушать его, не прерывая его речи. Ее большие, глубоко посаженные, синие глаза излучали свет. Она ходила почти воздушной походкой, и от всего ее тела, ее легких движений, исходил аромат юности, женственности. Он мог без конца смотреть на нее, утопая в море ее глаз, в тепле ее слов, в нежности ее юного тела. Так он еще никогда не любил. Рамона ждала, когда он уйдет от жены, ждала нетерпеливо вот уже много лет. Теперь ей исполнилось тридцать, а ему семьдесят пять. Любовь и ненависть уживались мирно в его сердце. Любовь для него была равннозначна завоеванию, победе над женщиной, которую он желал. И если она уходила, ненависть сменяла любовь. Может быть, он никогда и не знал, что такое настоящая любовь, она была для него только страстью завоевателя. Страх быть отвергнутым означал для него потерю власти, медленное умирание чувств и желаний. Он редко мог просчитаться, даже если цель свою приходилось достигать с помощью манипуляций. У него был характер борца, и борьба придавала ему дополнительные силы, энергию, навязчивую идею добиться своего любыми путями, принести к ногам целый мир. Любое сопротивление было для него вызовом, сломать и завоевать то, что не поддавалось его силе. С Рамоной все было по-другому — он жил в постоянном страхе ее потерять, но уйти от жены, с которой он прожил почти полвека, так и не смог. Профессор сидел съежившись, ночной холод подбирался под плед. Нет, он не мог больше этого вынести. Если завтра же он не скажет жене, что уходит от нее, он навсегда потеряет Рамону. Он сжал руки в кулак, да так сильно, что хрустнули кости.

Профессор Минский еще раз с любопытством обвел глазами любимую комнату, неожиданно осознавая, что именно тепла и любви не хватало ему в этом холодном доме, в его успешной и насыщенной жизни. Он почувствовал исходивший от стен холод. Холодный ветер, проникающий через щели старого дома, колол как ледяными иголками его дряблое тело. Он поежился от холода и, закутав плечи в теплый плед, тяжело вздохнул, и закрыл глаза. Все ниже опускалась на грудь голова. Казалось, что он тихо задремал. И сквозь тяжелую дрему опять увидел он через уплывающие белые облака смеющееся лицо смерти с картины Босха. Был ли это какой-то знак самой судьбы? Мозг еще продолжал работать, но кулаки разжались, и руки теперь уже безучастно лежали на коленях.

Прошло много времени, но профессор Минский все также продолжал сидеть у камина — плечи сгорблены, голова упала на грудь. Неожиданно он открыл глаза и бессмысленно уставился на дрожащую за окном ветку. Ему мерещилось, что кто-то звал его по имени, долго, тихо, настойчиво. Он хотел ответить, спросить кто, но почему-то голоса своего он не слышал. И снова закрыв глаза, погрузился он в глубокую дремоту. Но даже во сне, медленно покидая реальность, напрасно искал он ответы на свои вопросы. Какая-то новая, таинственная сила возвращала его назад во времени, туда, где его молодой и свободный дух мечтал о великих свершениях, новых, высоких достижениях. Он уже не мог отделить прошлого от настоящего, так же, как он не мог больше отличить сон от реальности. В этих галлюцинациях он видел длинную, каменистую, дорогу, идущую вверх, в бесконечность. Маленькая, сгорбленная фигура человека медленно брела по этой дороге, стараясь достичь ее вершины. Это была та дорога, которая вела его к славе, успеху, но там, в конце ее, вместо ожидаемой победы, он видел дьявольское лицо смерти, уставившееся на него с картины Босха в тяжелой, золотой раме. Это была темная, труднопроходимая дорога. Не было над ней ни чистого неба, ни яркого солнца, ни мерцающих звезд, только черная, круглая луна низко повисла над землей, и причудливые тени медленно двигались за ним в другой, неизвестный ему мир.

ЧЕРНАЯ ЛУНА

К сожалению, тот достопримечательный, декабрьский вечер выдался необыкновенно холодным и ветреным. Уходящая луна пряталась за редкими облаками и выглядела почти нереальной, просвечивая сквозь прозрачную, кружевную сетку редких, перистых облаков. Ее бледные лучи скользили по темному, таинственному небу и, прорезая своими острыми игольчатыми концами вечернюю темноту, почти касались земли. Неожиданно, все небо затянулось густыми облаками, как будто кто-то набросил на небо непроницаемую накидку. Луна, в последний раз печально осветила землю, и постепенно превращаясь из желтой в черную, исчезла с горизонта.

Редкие прохожие испытывали странное чувство тревоги, когда вечерняя мгла, наконец, распростерла над городом свои широкие крылья. Первые искрящиеся снежинки легко закружились в морозном воздухе в обнимку с порывистым ветром и, касаясь земли, образовывали тонкий слой полупрозрачного, белого ковра.

Была пятница, и люди торопились домой с работы после долгой трудовой недели, стараясь успеть до приближающегося снегопада. Поднялся сильный, северный ветер и слепо, со злостью разгневанного человека кружился он в быстром вальсе, сметая все на своем пути. К семи часам центр города почти опустел.

Черный, блестящий лимузин медленно подъехал к главному входу дорогого, старинного отеля. Пожилой, высокий водитель в синей униформе открыл дверь машины и помог пожилому, элегантно одетому мужчине, известному ученому, выйти из лимузина.

– Посмотри, как это странно – луна только что превратилась из желтой в черную и исчезла где-то далеко во вселенной. Я никогда не видел ничего подобного. Какое странное предзнаменование, – произнес кто-то за спиной пожилого человека.

Профессор поднял голову и уставился близорукими, старческими глазами в небо. Но, не увидев черной луны, он ворчливо проговорил раздраженным голосом:

– Черная луна…? Черная луна…. Нет такой черной луны, не бывает…. Какая-то чепуха…

Неожиданно это глупое наблюдение прохожего и его громкий, уверенный голос повергли его в плохое настроение. Он повернулся, чтобы посмотреть на прохожего, но его неясный силуэт уже растворился в темноте вечера, и только дым от его сигары, едва заметный, еще струился вдоль улицы в прозрачном, холодном воздухе. Водитель лимузина, взяв профессора под руку, бережно, как драгоценную, хрустальную вазу, повел в фойе отеля через вращающуюся, стеклянную дверь, чтобы отметить в кругу друзей и сотрудников его семидесятипятилетие.

Прежде чем войти в отель, пожилой человек еще раз осмотрелся вокруг и взглянул на небо, пытаясь увидеть черную луну, но, так и не увидев ничего необычного, тяжело вздохнул и поспешил вовнутрь помещения. Он был среди первых, прибывших на празднование, которое должно было состояться на двадцать втором этаже главного зала отеля, с видом на весь город, на монумент Джорджа Вашингтона, на бостонскую пристань. Город был ярко украшен к празднованию Рождества и выглядел величественно и празднично.

Вскоре стали прибывать гости. Профессор, одетый в новый смокинг, заказанный специально для этого торжества у известного парижского портного, теперь стоял у входа в зал, приветствуя гостей очаровательной и совершенно неотразимой улыбкой. Однако его сгорбленная, круглая фигурка оставалась едва заметной среди грандиозно плывущей, разодетой толпы. Он мельком взглянул на свое отражение в зеркале, и глаза его выразили глубокую печаль – как он состарился за последние годы!

Первые прибывшие гости величественно прогуливались по залу, наступая на черно-белые плиты мраморного пола. Группа родственников, специально прибывшая на обед со всех уголков страны, только что вышла из лифта и вступила на красный ковер, ведущий в зал на торжественный прием. Огромная, хрустальная люстра переливалась всеми цветами радуги, и отблески ее отражались в красивом, овальном зеркале в тяжелой, золотой раме. Небольшой, профессиональный оркестр заиграл известный вальс Штрауса, и официанты, одетые в белую и черную униформу, начали разносить вина и закуски. Профессор внимательно рассматривал прибывших гостей, стараясь, по возможности, уделить внимание каждому из них. По сути, он хорошо их знал, лучше, чем они даже подозревали.

Это были его друзья, родственники, сотрудники, бывшие возлюбленные и, конечно, враги. Каждому хотелось подойти к нему, поздравить, сказать какие-то теплые, давно затасканные слова.

По случаю его дня рождения, на стенах было развешено множество старых фотографий. Вот на одной недавней фотографии он с женой, детьми и внуками. Напротив, он – на конференции в Лондоне, в Королевской Академии наук, где он представлял свои выдающиеся научные результаты. Сколько ему было тогда лет? Возможно, не больше сорока. Он выглядел таким красивым – острый взгляд серых, немного раскосых глаз, правильные, крупные черты лица – человек, полный жизни, энергии, интеллектуал, полиглот, обожаемый друзьями и высоко ценимый коллегами. Он отвернулся, и взгляд его упал на другую, старую, черно-белую фотографию – зима в России, стране, где он родился и откуда уехал так много лет назад. Он вспомнил тот зимний, ветреный вечер с холодной и черной луной на беззвездном небе. Вот он стоит возле снежного деда мороза рядом со своими бывшими коллегами. Вся фотография была белая от снега, а они, все они, одеты в черное. Никого из них уже нет в живых, большие ученые, верные и преданные друзья. Он на минуту погрузился в раздумье, вспоминая события того далекого прошлого, сожалея о том прекрасном и забытом времени и медленно возвращаясь в настоящее – он не любил выставлять на показ свои чувства, особенно перед толпой, следящей за каждым его шагом.

Постепенно вечерние краски сгустились, небо утонуло в тяжелых облаках, быстро двигающихся с юга на север, гонимые порывистым, холодным ветром. Ветер изо всех сил пытался столкнуть пробивающуюся сквозь облака луну, глубже, дальше за горизонт, в безграничную пропасть времени. Порывы ветра сотрясали покрытые льдом деревья. Ледяные сосульки, как маленькие, звенящие хрусталики, свисали с деревьев, готовые упасть на снежный, ледяной покров и разбиться на мелкие осколки. Наконец, злые силы взяли верх – черная луна, горько улыбнулась, бросив на землю последний, бледный луч, и исчезла с горизонта где-то за высотными домами. Белая масса снега густой стеной посыпалась на землю, будто стараясь изобразить на полотне земли такой же зимний пейзаж, как на старой, черно-белой фотографии, висящей на стене роскошного, старинного отеля.

АДЕЛАИДА

Шел крупными хлопьями мокрый, тяжелый снег. Прилипая к стеклу, причудливые снежинки быстро таяли и длинной, тонкой струйкой стекали по стеклу. Деревья за окном были одеты в белые, пушистые шубки. Кокетливо раскачивались на ветру согнутые от тяжести снега хрупкие ветки деревьев. Иногда ветер постукивал в окно, словно приглашая нас присоединиться к его бесноватой пляске. Музыка зимней вьюги пела свою грустную песню о скором приходе весны, доживая свои последние холодные дни.

Искры от горящего камина бросали красные отблески на бледное лицо Аделаиды. Мы сидели в маленькой, продолговатой формы гостиной, оклеенной бледно-лиловыми обоями. На стенах были густо развешаны картины ее покойного мужа, известного американского художника Ипполита Джейсона. Работы были выполнены в пастельных тонах, с тонкой лиловой, будто потусторонней подсветкой. Легкость и прозрачность осеннего воздуха веяла с этих небольших, в золоченых рамах полотен. На полу возле камина были разбросаны ковром какие-то старые письма, открытки, листы из альбомов с зарисовками, старые акварели без рам.

Аделаида сидела напротив меня на диване, поджав под себя ноги и, закутавшись в теплый, клетчатый плед, говорила и говорила без остановки, будто хотела выплеснуть наружу всю накопившуюся за эти несколько дней боль. Бывают такие редкие моменты интимной близости, когда хочется вдруг рассказать кому-то то тайное, наболевшее, что лежит на душе тяжелым, давящим грузом.

Я знала ее давно, еще с детства. Была она незаметной, но смышленой девочкой, с длинной, толстой косой и грустными, немного раскосыми, по-цыгански черными глазами. Были у нее две страсти – стихи и рисование. Стихи она писала простые, детские, но по-взрослому грустные, будто бы прожила уже не одну, а множество жизней. Рисовала она в основном портреты своих одноклассников, а потом раздавала их, не ценя свой труд и свой талант.

В старшем классе пришло первое серьезное увлечение, оставившее след в ее чуткой душе на долгие годы. Звали его Себастьян Винцетти, мальчик из соседнего класса. Говорили, что отец его был итальянец, который после войны остался в России, женившись на русской. Отец утонул в Нарве, оставив его с матерью в старой коммунальной квартире, в одной комнате, которую почти во всю ее длину занимал старый, черный рояль. Себастьян играл завораживающе – его темное лицо отражало все оттенки музыкального произведения, которое он исполнял. Иногда мы заходили к нему всей толпой послушать его игру. Аделаида, не мигая смотрела на Себастьяна, завороженная, оглушенная музыкой, прикованная взглядом к его темному, сосредоточенному лицу, длинным, тонким, легко бегающим по клавишам пальцам. Он тоже заметил ее, и нам часто казалось, что играл он только для нее одной.

Я не знаю, что произошло между ними, но вскоре в школе стали поговаривать, что часто видят Себастьяна после школы с ее лучшей подругой, Вероникой, красавицей, с зелеными глазами и рыжими длинными волосами. Прозвали ее за это в школе «Рыжее солнце».

После школы я надолго потеряла Аделаиду, пока случайно, уже в Америке, не встретила ее на выставке картин ее известного мужа, в одной из престижных галерей Нью-Йорка. Он умер почти через год после нашей встречи. На похороны ее мужа я прилетела из Калифорнии, где теперь жила одна с сыном.

Сумерки постепенно хмурились, сгущались и, наконец, комнату затопил почти что черный, кофейный мрак.

– Не зажигай свет, – попросила Аделаида своим чуть-чуть низким голосом. Голос у нее был необычайно красивым, глубоким и музыкальным, как у оперной певицы.

Я знала, что ей хотелось мне что-то рассказать, и я вся напряглась, боясь вспугнуть эту наступившую минуту откровения.

На журнальном столике стоял приготовленный ею легкий ужин. В маленьких чашечках из чешского фарфора остывал черный кофе. Трещали в камине поленья и сосновые шишки, распространяя вокруг приятный, зимний аромат. Аделаида посмотрела на меня отсутствующим взглядом, и, натянув повыше сползающий с колен старый плед, начала свой рассказ.

– После смерти Ипполита и моего неожиданного открытия, о котором я расскажу тебе позже, я почувствовала, что все связи мои с этим миром, чувствами и эмоциями неожиданно обострились. Я ощущаю каждое дуновение ветра за окном, тепло падающего солнечного луча, легкий свет далекой звезды, шуршание листьев, отдаленную музыку наступающих сумерек, я чувствую небо и полет улетающих птиц. Моя душа поглощают все земное и неземное, она сливается с миром, и я становлюсь маленькой, легкой частицей этой огромной вселенной. Я жила, замкнувшись в своем мирке, я служила только Ипполиту — своему Богу и кумиру; я отдавала ему свое время и свое сердце, и была счастлива, что он все это берет, без благодарности, как должное, но берет с гордостью и одолжением, как что-то ему ненужное, насильно данное. Все мои завтраки, обеды, ужины, хлопоты о его выставках, приемы бесконечных гостей — все мои обязанности были частью его жизни, дополнением к его успехам. С его уходом образовалась пустота. Я чувствую его отсутствие в моей жизни, мою неприкаянность, обиду, никчемность. Что я без него? Я не могу отстраниться и посмотреть на себя со стороны. Я всегда видела себя только его глазами. Мне трудно отделить себя от него. И теперь, когда его нет, я пытаюсь понять, кто же я, целая единица или только оставшаяся на земле его частичка. Я жила в мире иллюзий, но иллюзий не моих, а его, Ипполита. Его картины, его друзья, его родные, его почитатели и почитательницы. Я была слепа, глуха и несчастна. Та ловушка, в которую я попала, не имела выхода в мир иной, а мой маленький, замкнутый мир начал меня постепенно душить. Но все по порядку, вернее, я начну с середины, с того вечера, когда я вдруг почувствовала, что мир, в котором я живу, полон обманов, интриг, ненависти.

Она отпила из чашки черного остывшего кофе. Чашка дрогнула в ее руке, и две темные капли упали на клетчатый, красный плед. Она чему-то про себя улыбнулась и, поставив чашку на журнальный столик, продолжила свой рассказ.

— В тот день мы завтракали в столовой в полном молчании, и только постукивание чайных ложек нарушало утреннюю тишину. Апрельский ветер наполнял воздух своим теплым дыханием, проникая в комнату через открытое окно. Солнечные лучи по-хозяйски гуляли по блестящему, натертому мной до блеска паркету, по развешанным вдоль стен картинам, на которых была отражена вся наша жизнь, природа, создавая при этом необычную подсветку весеннего благополучия. Ипполит сидел напротив меня в своей мягкой пижаме, расстегнутой на груди. Он едва прикоснулся к завтраку, глядя влажными глазами, задумавшись, на свои картины, будто на зеркальное отражение всей своей короткой жизни.

— Не думай ни о чем плохом, Ипполит. Все будет хорошо. Доктор обещал провести курс нового лечения антителами. Я уверена, что тебе это поможет, — сказала я с болью в голосе, стараясь подавить рыдания. Ведь я знала уже тогда, что ему ничего не поможет.

Он поднял глаза и посмотрел на меня спокойным, ясным взглядом. Глаза его не отражали тот непокой, который царил в его душе. Я сидела напротив, теребя под столом свою длинную, цветастую юбку, которую я надела для него ранним утром. Коричневый старый свитер я вытащила из чемодана, пытаясь напомнить ему о нашей первой встрече. Теперь этот свитер делал меня старше и не шел к моим темным волосам.

— Я знаю, я знаю, дорогая. Но ведь это же только эксперимент. Антитела мне могут не помочь. Мое время сжимается очень быстро, Аделаида. Зачем же себя обманывать? За время моего нового лечения никакого прогресса сделано не было.

Он отпил из чашки уже едва теплого кофе и закашлялся сухим, больным кашлем.

— Перестань думать об этом. Сосредоточься на чем-нибудь другом. Ты давно не подходил к мольберту. Посмотри, какой дивный апрельский день. Мы должны жить полной жизнью и наслаждаться каждым единым днем, данным нам Богом. Тебе не холодно? — спросила я его, заметив, как по лицу его прошла легкая судорога.

Он не ответил на мой вопрос, и снова глубокое молчание воцарилось в комнате. Я нервно перебирала в руках полотняную салфетку.

— Посмотри, какой сегодня теплый, солнечный день. Так хочется глотнуть этого свежего, апрельского воздуха, — повторила я снова.

— Хорошо, хорошо, только чуть-чуть попозже. Я устал, — в голосе его звучало явное раздражение.

Наконец, встав из-за стола, он уже собирался выйти из комнаты, оставив нетронутым завтрак, когда тишину нарушил резкий телефонный звонок. Он испуганно замер у стола, а потом поспешно ринулся в свою комнату, будто давно ждал этого звонка. Я, не закончив завтрака, вышла на крыльцо и долго стояла на ступеньках дома, обозревая красоту раннего апрельского дня.

Еще не растаявшие бугорки грязного снега лежали на земле, но уже первая зеленая трава начала пробиваться сквозь холодную корку земли. Лучи солнца игриво плавали в лужах, проникая все глубже к самому дну, явно стараясь утонуть в их мнимой глубине. Деревья стояли прямо, близко прижавшись друг к другу, готовые нарядиться в новый, зеленый наряд. Их длинные, острые верхушки почти упирались в поверхность чистого, голубого неба.

Что-то знакомое и давно забытое было в этом воздухе, в этом запахе весны. Два маленьких воробушка ковырялись в коре дерева в поисках насекомых, и, громко ссорясь, набрасывались друг на друга, пытаясь отобрать найденную добычу. Мне было жалко этих двух нахохлившихся птичек. Трудно было представить себе весенний день без их неугомонного щебетания. Смотря на них, неприкаянных и несчастных, я почему-то думала о себе. Запах травы, тающего снега, легкого ветерка принесли с собой что-то давно близкое и забытое. Я возвращалась в прошлое по счастливой и все же трудной дороге, вспоминая мою первую встречу с Ипполитом, наш бурный роман, постоянные ссоры, надолго выбивавшие меня из обычного ритма жизни. Помнишь, как у Нины Берберовой «мое одиночество начинается в твоих объятьях»?

Ипполит был скрытен, подозрителен, и в то же время излучал вокруг себя тот свет и тепло, которое притягивало к нему людей. Я всегда прощала его невнимание, частые отлучки из дома без всяких объяснений, долгие телефонные разговоры за закрытыми дверьми его студии. Я прощала ему все за его талант, за его знания, за его эрудицию, потребность жить широко и размашисто. Его сильная натура, громкий голос, заполняли собой все пустое пространство. Любила ли я его? Не знаю. Я была влюблена в его талант. В лучах его славы я погибала, как художник. Его картины, нет, не он, а именно его полотна, обладали какой-то магической силой. Уходили мои чувства к нему медленно и постепенно, и также медленно втягивалась я в мир его творчества. Я никогда не могла понять, как такой холодный, жестокий человек мог создавать такие шедевры. Это была музыка красок, чувств, эмоций — магия природы, воспетая на его полотнах.

Неожиданно подул северный ветер, и солнце зашло за облака, потянув за собой весеннее тепло. Я вошла в дом. Ипполит все еще разговаривал с кем-то по телефону. Сквозь закрытую дверь можно было услышать его громкий, чем-то недовольный голос, в котором я вдруг уловила ноты какой-то несвойственной для него грустной нежности. Я остановилась в недоумении, екнуло сердце и замерло вместе с моим дыханием.

К вечеру, тяжелый туман окутал сад, и пошел мелкий, моросящий дождь. Я готовила ужин для приглашенных Ипполитом гостей. Это была его идея пригласить гостей, о которой он мне объявил сразу после своего телефонного разговора. Он позвал на ужин Веронику с мужем и еще одну, незнакомую мне пару.

Я забыла тебе сказать, что пять лет назад Вероника снова появилась в моей жизни. Она часто писала мне письма из Питера, жалуясь на второго мужа, с которым отношения у нее не складывались. Первый раз она вышла замуж сразу после школы за Себастьяна. Ты, наверное, помнишь его, он так эмоционально и так увлеченно играл на рояле Рахманинова и Шопена? Наши отношения быстро распались, я была слишком глупая и гордая. Да что тебе рассказывать, ты все знаешь сама.

Да, я хорошо помнила, как мрачнели ее глаза, когда он заходил в наш класс и, украдкой взглянув на Аделаиду, искал глазами Веронику. Иногда глаза их встречались, и мне казалось, что он смотрел на нее с грустью и нежностью. А может быть, мне это только казалось. Я слышала, что Вероника была в браке несчастлива и бросила его через год. Ходили слухи, что он уехал навсегда в Италию.

— Так ты опять восстановила свои отношения с Вероникой?

— Да, она была так несчастна после первого развода. Второй брак был тоже неудачен. Ей было тяжело. Мы ведь всегда были такими близкими подругами. Я пригласила ее погостить у нас в Америке. Она жила у нас три месяца, а потом сошлась с Эндрю, близким другом Ипполита. Длинная история, да и банальная. Так вот, мой муж пригласил гостей, и я радовалась в душе, что он возвращается к жизни, к желанию опять быть среди людей.

— Я не могу быть целыми днями один, запертым в этих четырех стенах, в этой тюрьме. Мне нужны люди. Я ведь еще живой, я ведь еще не умер, — говорил он, измеряя кухню своими длинными шагами.

— Ты же собирался сегодня рисовать. Я видела твои незаконченные акварели. Они отличаются от твоих прежних работ. В них больше воздуха и света, а сочетание оттенков голубого и мягкого сиреневого предают им особую загадочную прелесть.

— Я не могу работать, Аделаида, лекарства на меня плохо действуют. Если ты не хочешь гостей, я могу отменить их визит. Но ты забыла, что сегодня суббота, и мы всегда приглашаем в этот день друзей.

Я заметила, как затуманились от боли его глаза, и поспешила согласиться, ибо не причинять ему лишних тревог.

— Нет, нет, конечно же, я не возражаю. Я уже поставила в духовке запекать их любимое рыбное блюдо.

Но это было совсем не то, что я хотела ему сказать. Если бы он только знал, как я устала – и физически, и эмоционально от перемен в его настроениях, от его постоянных требований, долгих ожиданий в приемных врачей, от его бессонных ночей и жалоб. Я знала, что я должна быть сильной – за него и за себя, отдавать ему свое тепло, заботу, силы, но он был эгоистичен, непредсказуем, капризен – он оставался самим собой, таким же, как он был до болезни. Все эти годы я понимала, что я была не той женщиной, которая была ему нужна – я раздражала его, и он терпел меня, как удобную вещь, как диванную подушку, на которую можно было опереться, когда хотелось покоя. В его присутствии я старалась быть незаметной, понимая, что никогда не избавлюсь от этого унизительного рабства.

Аделаида перевела дыхание, и, неожиданно сбросив ноги с дивана, ловко нагнувшись, подхватила с пола несколько распечатанных писем и бросила их в горящий камин. Пламя на секунду всколыхнулось, вспыхнуло ярче, бросив свет на ее милое, усталое лицо.

– Зачем ты сжигаешь его архивы, Адель? Я была удивлена, так как письма эти представляли собой явную ценность.

Аделаида ничего не ответила, снова поджала под себя ноги и, укутавшись пледом, продолжала свой рассказ, игнорируя и мой вопрос, а возможно, и мое присутствие.

– К вечеру дождь прекратился, стало холодно, рассеялась пленка тумана, и пошел мелкий, серебристый снег, переливаясь в свете одинокого уличного фонаря. На звонок первым вышел Ипполит. Вероника стояла в дверях в белой, короткой шубке, на ее рыжих, густых волосах еще таяли, как светлячки, лучистые, причудливые снежинки. От нее шел аромат морозного воздуха и дорогих духов. Я стояла сзади мужа с передником в руках, в цветастой юбке и в старом, коричневом свитере, так и не успев переодеться. Свои длинные волосы я собрала кое-как сзади в пучок, чтобы они не мешали мне готовить. Мне вдруг стало стыдно за свою внешность, и я поспешила укрыться в кухне, чтобы никто не заметил навернувшиеся на глаза слезы. Я ревновала Ипполита к Веронике. Дело в том, что я случайно наткнулась на ее письмо, написанное ему несколько дней назад. Ипполит уже не скрывал своих чувств к ней и потому, вероятно, оставил на своем письменном столе ее распечатанное письмо: «*Дорогой Ипполит,* – писала она, – *моя жизнь без тебя кажется мне ненужной. Как счастлива я, что ты разделяешь мои чувства. Бедная, бедная, Адель. Мне жаль ее, но мы должны ду-*

мать о нашем счастье, ведь тебе так мало осталось…. За все эти годы, со дня моего приезда в Америку, я поняла, что я, и только я одна – твоя верная жена…. Вспоминаю наше время вместе, наши короткие ночи и бурные расставания. Как жили мы раньше друг без друга? Бедная, бедная, Адель…».

– Я вспомнила, что подобное письмо она когда-то написала Себастьяну, и он мне его показал. Тогда я твердо сказала ему, что нам надо расстаться, не объясняя причин, уступая свое место Веронике, которая, как мне тогда казалось, не сможет без него жить. Ее письмо моему мужу было для меня ударом, но я решила не показывать виду. Я заканчивала мыть посуду, когда на кухне появилась Вероника и, обхватив меня сзади руками, прощебетала нежно-фальшивым голосом:

– Тебе что-то помочь, дорогая? Я знаю, как тебе сейчас тяжело. Помни, что я у тебя единственный верный друг.

Я обернулась и, разжав ее руки, посмотрела прямо в ее зеленые, лживые глаза.

– Мне надо пойти наверх переодеться. Садитесь за стол без меня. Я сейчас вернусь, – сказала я, снимая на ходу передник.

Когда я вошла в комнату, муж Вероники уже доедал первое блюдо. Глядя на незнакомую даму, сидящую напротив него, он вещал:

– Искусство должно быть частью нашей души. И только тот, у кого душа прекрасна, может создать шедевры.

– Нет, нет, Эндрю, я с тобой в корне не согласен, – вступил в разговор мой муж, отодвинув резко бокал с вином.

На его впалых, бледных щеках появился нездоровый румянец. Он был явно раздражен и возбужден.

– Ты не прав. Человеку дан разум, не только душа. Искусство – это часть твоего интеллекта. Это взаимоотношение между духовным и разумным. Да, и не забудь упомянуть творческую интуицию, и свое видение мира.

Ипполит поднялся, приглашая гостей перейти в гостиную, пока я уберу со стола и приготовлю чай.

Когда я появилась в гостиной, спор продолжался между новой парой и Эндрю. Ипполита и Вероники в комнате не было. Мы пили чай без них. Эндрю нервно поглядывал на дверь кабинета, за которой час назад исчезли его жена и мой муж. Наконец, появилась Вероника, сияющая и взволнованная.

– Ох, если бы вы только видели новые работы Ипполита. Очередные шедевры! Что скажешь ты, Адель?

Она повернулась ко мне, явно стараясь смутить меня своим вопросом, так как последнее время Ипполит не писал. Вскоре гости разошлись, но после их ухода на душе было все еще мерзко, грустно и тяжело.

Вечер за окном казался прохладным и тихим. Голая луна заглядывала любопытно в окно гостиной, роняя редкие лунные блики на журнальный столик, где еще стояли изящные, фарфоровые чашки с недопитым чаем. Я подошла к окну — снег перестал, черное небо повисло над крышами домов, освещенных желтым, лунным светом. Где-то далеко блуждали по небу маленькие хрустальные звездочки, будто кто-то специально вышил их на небе крестом. Ипполит тихо подошел к окну и встал рядом со мной.

— Эндрю стал таким невыносимы, — сказал он тихим голосом.

— Почему? — удивилась я.

Он помолчал несколько секунд.

— Впрочем, это не имеет никакого значения. Я хочу поехать завтра в парк, к нашему озеру. Мне хочется рисовать, мне нужно вдохновение, последние силы очень быстро покидают меня, Адель. Иди спать, однако, уже поздно.

Я ничего не ответила, только положила свою дрожащую руку на его холодную ладонь.

На следующий день Ипполит не вышел к завтраку. Он оставался в своей комнате до полудня. Я несколько раз заходила в его спальню — он дремал, лежа на спине и закинув руку за голову. Я поставила завтрак возле кровати и тихо вышла из комнаты.

Был чудный морозный день. Яркое, холодное солнце профильтровывалось сквозь легкие, тюлевые занавески. Я открыла окно, и весенний воздух ворвался в комнату вместе с первым щебетанием птиц. За окном была обычная жизнь расцветающей природы. Солнечные лучи прогуливались по комнате, по паркету, по стенам, по ровно развешенным акварелям, придавая им веселый, солнечный вид. Я не слышала, когда Ипполит вошел в комнату. Он был уже тепло одет, и смотрел на меня с удивлением, и непониманием.

— Ты еще не готова, Адель? Мы же собрались ехать в парк, к озеру! — Я уловила в его голосе знакомые раздражительные нотки.

В парке было много народу. Бегали по поляне маленькие дети, кричали расхрабрившиеся утки. А озеро переливалось на солнце серебром, и голые, угрюмые деревья роняли в него свое хрупкое отражение. Мы пересекли небольшой мостик и опустились на первую попавшуюся скамейку, обращенную к озеру лицом. Он долго смотрел на блестящую поверхность воды, на всю эту красоту, существовавшую здесь десятилетиями. Однако все это зрелище его больше не радовало – он знал, что это последняя его встреча с тем прекрасным, что было на этой земле, с этими сильными дубами и тонкими, женственными липами, с заходящим за горизонт рыжим солнцем, цвета волос той женщины, которую он сейчас любил. Он снял очки и повернулся ко мне. В глазах были слезы.

– Когда меня не будет, приходи сюда чаще Адель. Моя душа останется здесь, тень моя будет отражаться в этом озере, как отражаются сейчас эти плакучие ивы, а игра солнечных лучей будет напоминать тебе о первых счастливых годах нашей жизни.

Я взяла его холодную руку в свою. Иногда мне казалось, что он смотрит на меня так внимательно, так понимающе, глубоко мне в душу. И тогда мне хотелось плакать. Вот и сейчас я уловила в его взгляде какую-то малую долю теплоты. И опять слезы навернулись мне на глаза. Я не хотела говорить в этот момент ни о смерти, ни о нашей несчастной жизни. Я не хотела вспугнуть этот момент засыпающей природы, эту тишину наступающих весенних сумерек, окрашивающих землю и небо в темные тона, и так напоминающих сейчас о приближающемся конце. На следующий день ему стало хуже. Поздно вечером он открыл глаза.

– Надеюсь, что Бог меня простит, Адель.

Он тяжело вздохнул и отвернулся к стене. Я вышла во двор – тяжелое небо повисло над землей; черная туча заслонила от меня заходящее солнце, словно тень уходящей жизни поглотила все живое.

* * * * *

Аделаида опять нагнулась и бросила в горящий камин еще одну пачку писем, потом еще и еще, пока на полу остались только его рисунки. Она с сожалением посмотрела на них, наклонилась, сгребла их вместе и, подождав несколько минут, бросила их в пламя горящего камина.

– Что же ты будешь делать дальше, Аделаида?

– Я продам этот дом и уеду в другой штат, подальше от этой памяти, от прошлой жизни.

– Что же ты будешь делать? – повторила я свой вопрос.

– Может быть, я буду рисовать, рисовать портреты. Я еще об этом не думала, хотя боюсь, что начинать сначала сейчас уже слишком поздно. Что-то ушло, оборвалось внутри меня. Вместе с его уходом ушло желание творить. Анализируя всю свою прошедшую жизнь, я задаю себе вопрос — почему я не пыталась вернуть его, стать той женщиной, которую он мог любить — сильной, яркой, талантливой. Но я не могла быть другой. У меня была своя жизнь, внутренняя, о которой он не знал, и знать не хотел. Мое творчество было ему чуждо. Два художника не могли существовать под одной крышей, выживал только один. Он ждал от меня полного подчинения его воли. И я подчинилась. Тяжело, тяжело думать, что человек, которому я отдала жизнь, лгал, обманывал, что моя близкая подруга предала меня дважды. Но на чужом горе своего счастья она так и не построила. Эндрю бросил ее одну, без денег, в чужой стране. Зависть и собственная ничтожность мешали ей жить. Однако идем вниз, я хочу тебе что-то показать.

Я спустилась за ней вниз по узкой, витиеватой лестнице. Аделаида зажгла верхний, яркий свет; и перед моими глазами открылась целая галерея портретов, картин, набросков, висящих на стене, расставленных вдоль стен или стоящих на мольбертах. Я шла вдоль них как завороженная — это были шедевры, музейные работы. Я остановилась у портрета ее мужа — на меня смотрел красивый, импозантный мужчина, глаза острые, проницательные, узкие, растянутые губы и жесткое, почти неприятное выражение лица. Портрет был выполнен резкими, косыми мазками, что придавало всему изображению какое-то зловещее выражение. Я не могла отвести глаз от его лица — в нем была сила, беспощадная сила и жадность жизни. И только тонкая рука, лежащая на ручке стула, была бледна, и, казалось, что она дрожит, выдавая слабость его как будто бы сильной натуры. Рядом стоял портрет Вероники, полулежащей на диване в позе тициановской Венеры. Рыжие волосы разметались по плечам, лисья улыбка чуть тронула уголки губ, широко открытые зеленые глаза смотрели куда-то вдаль, скучающим, пустым взглядом.

— Аделаида, это же шедевры. Почему ты никогда не выставляла свои работы?

— Ипполит считал, что у меня нет таланта, и я только зря трачу время на эту мазню, хотя многие его работы заканчивала именно я.

Я была потрясена.

Она грустно улыбнулась и погасила свет, погрузив в полный мрак эти сокровища, представляющие всю ее трудную и не сложившуюся жизнь. И среди всех этих картин, портретов, рисунков я вдруг почувствовала всю глубину ее трагедии, ее похороненных в этом доме и таланта, и жизни — без прошлого, настоящего и будущего.

ОСТЕР

Течет река, изгибаясь и изловчаясь, огибая изогнутые берега и остролежащие камни. Течет в никуда, переливаясь красками засыпающего дня и наступающих сумерек. Течет в никуда, в безысходность, безызвестность конца, сужаясь, заостряясь, иссыхая. Течет, как мои годы, на границе уходящего дня и наступающих сумерек, в завтрашний день, такой же обыденный, как и сегодняшний, и вчерашний.

Трава, густая, темно-зеленая, тянется к небу, втыкаясь в небо своими острыми концами, пронзая вечернюю темноту и исчезая в испаряющемся тумане.

Тишина переговаривается со стрекозами, вернее, наоборот – они пытаются вывести ее на разговор, а она упрямо молчит.

Странное чувство пустоты и одиночества охватывает меня. Не понимаю – то ли это сон, то ли воспоминания детства.

Остер, река, мама. Все перемешивается в сознании: звук стрекоз и гул уходящего поезда, увозящего меня от мамы, и плач, и тишина.

* * * * *

Мамы уже давно нет в живых, целых, целых десять лет. Стираются из памяти ощущения, события, а она все равно мне снится. Приходит, когда особенно плохо, – положить холодную ладонь на горячий лоб, успокоить, утешить своим мягким, мелодичным голосом. Я пытаюсь ей рассказать, что происходит со мной. Говорю быстро, как всегда заглатывая слова, перебивая саму себя, – только бы успеть ей все рассказать. И при этом плачу. И открываю глаза. Видения исчезают – ни реки, ни травы, ни мамы. Комната моя – с желтыми обоями – желтые, зеленые цветы, похожие на ромашки, рябят, пестрят в глазах.

– Надо поменять обои, – думаю я, натягивая на себя теплый мамин халат.

Смотрю на мамину фотографию на столике рядом с кроватью. Какая она была удивительно красивая. Одухотворенное, тонкое лицо, глубоко посаженные, темные глаза, черные, волнистые волосы. Смотрю на себя в зеркало. Я сейчас почти на двадцать лет старше, чем мама на этой фотографии. Совсем на нее не похожа, может быть, только судьбой, не сложившейся по частям в одно целое, а распавшейся на единичные эпизоды, пустые стекляшки в калейдоскопе событий, как и у мамы. И вспоминаю – это счастливое детство в Остре, траву, упирающуюся в небо, и эту реку, текущую в никуда.

НЕПРОЩЕНИЕ

Ребекка уже давно не спала, наблюдая из-под полузакрытых ресниц, как медленно исчезали ночные краски, и утренний свет проникал в комнату сквозь легкие, тюлевые занавески. Она поднялась с кровати и проверила дату на настольном календаре – 15 июля 1941 года. Ребекка подошла к окну – утро было туманное и пасмурное. Первые лучи восходящего солнца едва просачивались сквозь тяжелое покрывало облаков, разливая по небу таинственный, мерцающий свет. Она долго смотрела на это тяжелое, темное небо, освещенное едва заметными лучами восходящего солнца, пытаясь подавить нарастающий страх смерти. Было странное чувство, что она, эта смерть, находилась все эти дни здесь, совсем близко, у изголовья ее кровати.

Днем Ребекка вышла из дома набрать воды из колодца, но внезапно остановилась, услышав странный, нарастающий шум, а затем огромная, черная тень закрыла небо. Облако черной пыли пролетело над городом со скоростью самолета, закрывая палящее солнце. Наблюдая это черное, летящее облако, Ребекка поняла, что за этой черной тенью кроются страшные дни войны со всеми ее разрушениями, горем и страданиями.

Ее соседка быстро прошла мимо нее, порывисто прокричав на ходу, – Немцы подходят к городу, – но голос ее утонул в шуме военных самолетов.

Ребекка не расслышала ее слов, однако, успела заметить бледное лицо женщины и полные ужаса глаза. В то же самое время соседи в страхе начали потихоньку выползать из домов. За одну минуту улицу заполнили испуганные женщины и дети. Воздух гудел от их громких, взволнованных голосов.

– Танки двигаются вдоль Витебского шоссе, я видела их своими собственными глазами, – рассказывала одна из женщин.

Где-то невдалеке раздался первый оружейный выстрел. Улица

вдруг умолкла, ужас охватил людей, и они тихо, один за другим, толкая впереди себя испуганных детей, возвращались в свои дома. Ребекка отчетливо слышала скорбные звуки замков, когда соседи запирали на ключ двери своих жилищ. Наконец, опустились на окнах тяжелые шторы.

Ребекка вернулась в дом и села к окну. Тяжелый дым все еще висел над городом, над еврейским кладбищем, над озером, когда внезапное пламя, будто кровь раненого солдата, брызнуло сквозь черное облако дыма. Обычно синее небо сочилось кровью. Каскад распадающихся искр напомнил ей о салюте, когда она с родителями наблюдала праздничный фейерверк с берега реки Еменка, мирно опоясывающей их маленький провинциальный городок под названием Невель...

* * * * *

С этого дня жизнь Ребекки полностью изменилась. Ночью она садилась у окна и наблюдала за темной поверхностью воды, где сливаясь с землей, она образовывала одну непроницаемую массу. Небо, земля, вода – все погружалось в бездну, в какой-то недосягаемый мир горя и страданий. В такой момент она чувствовала, будто злая сила проходит по ее израненной земле. Бедная Ребекка, она все еще не могла представить себе, что может случиться с ее родными, друзьями и с ней самой. Мысли ее вернулись к письму, которое дала ей мать перед тем, как покинуть город.

– Прочитай это письмо, Ребекка, когда я буду уже далеко от дома, и помни, что я люблю тебя всем сердцем, ты – вся моя жизнь. Ты внесла в мою одинокую жизнь свет и тепло.

Ребекка не могла объяснить себе, почему она так боялась прочитать это письмо, но сегодня она случайно наткнулась на него, открыв томик своих любимых стихов. Оттуда и выпал этот белый, нераспечатанный конверт. Ребекка распечатала письмо и, удобно расположившись в кресле, начала читать:

«Моя дорогая, любимая доченька, моя Ребекка,
Сколько раз пыталась я рассказать тебе историю твоего рождения, но боязнь потерять тебя навсегда удерживала меня от этого разговора. Ты – подарок мне от Бога, и ты принесла мне счастье. Это длинная история, но мне легче тебе написать, чем рассказать ее, глядя тебе в глаза. Я сожалею и чувствую себя виноватой, что не поведала тебе все это раньше, до моего отъ-

езда, но поверь мне, родная, что я не могла и не в силах была это сделать – не хватало мужества. Если можешь, прости».

Не дочитав письма, Ребекка отложила его в сторону и нервно прошлась по комнате, стараясь успокоить и привести в порядок мысли. Черные глаза ночи заглянули в окно, и темная тень ночной тишины стала медленно заползать в комнату. Ребекка зажгла свечу и села с письмом к столу, но читать не могла – слова расползлись перед глазами в одну темную точку. Она поднесла свечу ближе и продолжала чтение, низко склонившись над столом:

«Я не твоя родная мать. Я нашла тебя зимой в снегу, когда тебе был всего один месяц от роду, прелестный ребенок, о котором я мечтала всю свою жизнь. Мой небольшой домик находился возле еврейского кладбища, где я похоронила своих родителей и сестру, когда мне только исполнилось семнадцать лет. Я научилась жить одна и тяжело работать, чтобы себя прокормить. К тому времени, когда я тебя нашла, мне было уже тридцать пять лет, старая дева, одиноко живущая возле старого кладбища. Ты была тем чудом, о котором я могла только мечтать. Новости о том, что я нашла в снегу месячного ребенка, быстро разнеслись по нашей округе. Но чей это ребенок, никто не знал. Вскоре, однако, одним вьюжным, зимним вечером я заметила, что вокруг дома ходит незнакомый, молодой человек. На следующий день он пришел опять – на этот раз он остался навсегда. Это был твой родной отец, узнавший о том, что его жена бросила его ребенка зимой у колодца. В то время он жил с семьей в небольшом поселке, называвшемся Пустошки, в нескольких километрах от нашего городка. Бросив тебя, твоя настоящая мать исчезла, и никто не знал и не знает, где она. Я хочу верить, что ты простишь меня. Пойми и прости мой грех, моя любимая доченька, моя Ребекка.
Твоя любящая мать,
Элиза».

Капли летнего дождя начали прерывисто стучать в окно, нарушая тишину ночи, дробя ее на мелкие частички – воспоминания прошлого. Минуты счастливого детства пронеслись перед глазами, но видение это стало быстро исчезать. Она старалась удержать эти воспоминания, однако, память постепенно меркла, пока не стала непроницаемо-черной, как эта страшная ночь. Ребекка легла на кровать и закрыла глаза, чувствуя, как боль пронзает все ее тело. Все ее горе, страдание, память прошлого слились с шепотом ветра и дыханием ночи. Но вот мысли снова вернулись к прошлому, к тому дню, когда возвращаясь из поездки в Ленинград, произошла эта странная встреча…

* * * * *

Поезд начал терять скорость, приближаясь к небольшому полустанку и, наконец, резко затормозил, издав при этом неприятный, скрипучий звук. Пассажиры высыпали на платформу, где их уже поджидали местные жители с солеными огурчиками и свежевыпеченным, вкусно пахнущим хлебом. Ребекка тоже спустилась на платформу, завернувшись в теплый мамин шарф, прикрываясь от порывов сильного, ледяного ветра.

Старая женщина, укутанная в яркий, русский платок поверх рваного полушубка, схватила ее за руку. Видимо, тяжелая жизнь и страдания проборонили морщинами ее усталое лицо.

— Эй, красавица, не проходи мимо. Ай-яй-яй, какая же ты худенькая. Наверное, проголодалась. Лучше моих огурчиков и моего хлеба не найдешь во всей округе. Дай мне один рубль, и все это будет твое, — протянула она певуче, кладя в мешочек несколько огурчиков и, улыбаясь Ребекке своим беззубым, желтым ртом, при этом внимательно разглядывая девушку маленькими, слезящимся глазами.

— Послушай, красавица, хочешь знать свою судьбу?

И, не дожидаясь ответа, старуха открыла ладонь девушки и начала водить по ней своим костлявым пальцем.

— Какая странная судьба! Да у тебя же, красавица, две матери! Так?

Ребекка отдернула руку, и женщина вдруг побледнела и что-то прошептала в сторону:

— Какая страшная судьба ждет тебя, но ты встретишь ее без страха, бедная девочка.

Из-за шума проходящего поезда Ребекка не расслышала последних слов женщины, но и не стала переспрашивать, почувствовав что-то страшное в ее шепоте. Она подняла голову и взглянула старухе в глаза. Взгляд ее острых, пронзительных глаз напугал девушку.

— Все это неправда, чепуха какая-то. Я знаю свое прошлое. У меня есть только одна мать и, вообще, я не хочу знать свое будущее и не верю в гадание. Спасибо, однако, за сочувствие, но мне оно не нужно.

Ребекка сама удивилась своей неожиданной резкости, но протянула женщине рубль, и, не взяв пакетика с огурцами, поспешила нагнать уже набирающий скорость поезд. Женщина пожала плечами и покачала в ответ головой, ничего больше не добавив. Она еще долго оставалась на платформе, горестно смотря вслед уходящему поезду.

Ребекка стояла в коридоре поезда, у окна, наблюдая, как темное заболоченное пространство мелькало перед глазами, и грустный, однообразный ландшафт сливался с вечерним небом. Красный шар заходящего солнца упал за горизонт, и его поглотила темная масса земли. Последние всплески уходящего дня осветили горизонт, и сумерки обволокли землю…

* * * * *

Ребекка поднялась с дивана, потушила свечу и зажгла свет. Яркие вспышки памяти вдруг померкли. Постепенно слова из письма матери стали доходить до сознания. *Кто же была моя мать?* – думала она. Постепенно боль притупилась, и только редкие взрывы в городе напоминали ей о настоящем.

Одним августовским днем, возвращаясь с базара с буханкой хлеба, Ребекка увидела на стене плакат, напечатанный на двух языках, немецком и русском. Он был подписан правителем Невеля, неким Васильевым. Ребекке пришлось перечитать его несколько раз, прежде чем она поняла смысл написанного. Это был специальный указ местного Гестапо, обращение ко всем евреям Невеля и окрестностей – молодым и старым – собраться на следующий день с вещами на центральной площади города. Кто не подчинится приказу – будет расстрелян.

В течение следующих двух дней первые колонны еврейского населения города двигались по направлению Голубой Дачи, расположенной в двух километрах от города. Голубая Дача стала первым еврейским гетто на русской земле.

В тот же жаркий августовский день, рискуя жизнью, Ребекка решила навестить своих родственников, предупредить их о надвигающейся беде. Но все ее уговоры уйти в лес, спрятаться от фашистов, были напрасными.

– Не ходите завтра на площадь, – умоляла она их.

Но они не слушали ее, доверив свою судьбу Богу, и только ему одному.

– Он не даст нам умереть. Мы уедем в Палестину. Ведь для этого нас завтра и собирают, – говорила ее тетя, стараясь не смотреть девушке в глаза. На рассвете Ребекка распрощалась с родными, зная и чувствуя, что никогда их больше не увидит...

* * * * *

Только что наступившие ранние холодные ночи уже начали окрашивать листья деревьев в первые, осенние цвета, оставляя на них капли предутренней росы. Стога скошенного сена еще напоминали о мирном времени, но осколки стекла, остатки сломанной мебели, старых газет рисовали совсем другую картину. Ребекка на секунду заколебалась, но решила все-таки возвращаться домой через кладбище – так было безопаснее. Она шла быстро, иногда оглядываясь назад со странным чувством, что кто-то идет за ней, тяжело дыша ей в спину. Но это был только ветер, играя свои злые шутки, смеясь и вздыхая, и весело похлопывая по веткам деревьев. Тяжелый гравий скрипел под ногами. Где-то вдалеке резко прокричала сова. Ребекка вздрогнула от неожиданности и огляделась по сторонам, нет ли кого-то рядом, но, не увидев никого, продолжала свой путь. Бледные лучи заходящей луны пытались упрямо пробиться сквозь белую массу облаков. Странный лунный свет окутал кладбище.

Ребекка уже приближалась к дому, когда в этом бледном, лунном освещении она заметила мелькнувшую за деревьями тень.

– Кто здесь? – прошептала испуганная девушка.

Она попятилась назад, стараясь укрыться глубже в тени деревьев, пытаясь сосредоточенно различить в туманном воздухе неясный силуэт. Незнакомая женщина медленно появилась в полосе света, называя девушку по имени

Ребекка застыла от удивления, устремив взгляд на незнакомку. Женщине было, вероятно, за сорок. Белая, мраморная кожа, четкая линия удлиненного лица, обрамленного тяжелыми, светлыми, почти пепельными волосами, перехваченными сзади черной лентой. Глубоко посаженные светлые глаза, не отрываясь смотрели на Ребекку, а тонкие, бледные губы пытались растянуться в дружескую улыбку. На ней была одета длинная, черная юбка, а широкая черная шаль покрывала ее плечи. В этом темном наряде она почти сливалась с темнотой, как ночная фея из любимой сказки Ребекки. В лице ее было что-то трагичное, и в то же время очень знакомое. У Ребекки было такое чувство, будто видела она эту женщину раньше в своем детском воображении.

— Пожалуйста, не бойся меня, Ребекка. Не уходи. Дай мне возможность поговорить с тобой, — умоляла незнакомка, отступая дальше, в тень деревьев.

— Зачем вы следили за мной?

— Я не следила за тобой, я ждала тебя возле кладбища много дней подряд. Прости меня, Ребекка, если я напугала тебя.

Наконец, луна исчезла за облаками, и первые лучи утреннего солнца упали на землю. Ночь уступила места рассвету. Ребекка стояла несколько минут, размышляя, что делать дальше. Женщина больше не пугала ее.

— Пожалуйста, заходите в дом.

Она достала ключ из кармана платья и открыла дверь, приглашая женщину войти. Темное молчание дома на минуту подействовала на обеих женщин удручающе. Незнакомка застыла у порога, неуверенно переступая с ноги на ногу, не зная, что делать дальше.

— Проходите в комнату. Хотите чаю? — дружески обратилась к ней Ребекка, нарушая тишину дома и открывая окно в сад.

— Пожалуйста, не делай этого, Ребекка. Закрой окно, — запротестовала женщина, понижая голос до шепота, — нас могут подслушивать.

В испуге она закрыла лицо шалью.

— Здесь никого нет, это ветер раскачивает ветви деревьев, — пыталась успокоить незнакомку Ребекка.

— Я поставлю чайник на плиту и сейчас вернусь, — сказала Ребекка, внимательно приглядываясь к женщине.

— Нет, нет, пожалуйста, не уходи, лучше выслушай меня. Выслушай внимательно, что я хочу тебе рассказать. Я прошла далекое расстояние, рискуя жизнью, чтобы увидеть тебя, Ребекка.

Женщина сбросила с плеч на спинку стула свою черную шаль, покрывая первые нити лучей восходящего солнца тонкой, прозрачной тканью.

— Кто вы и откуда вы знаете мое имя? Что же я могу для вас сделать? — озадаченно спрашивала Ребекка незнакомку.

Но женщина продолжала говорить, как если бы она не слышала вопросов.

— До сегодняшнего дня, я никогда не рассказывала никому свою историю, я давно спрятала ее на самом дне своего сердца. Всю жизнь терзает меня эта тайна и моя вина перед тобой. — Она задыхалась, порывисто глотая воздух, но продолжала говорить:

— Я вышла замуж, когда мне было только семнадцать лет. Мой муж был самым красивым и самым умным в нашей округе. Мы жили тогда в местечке под названием Пустошки, недалеко от Невеля. Он был единственным сыном местного раввина. Я была счастлива с ним. Когда родился мой ребенок, я чувствовала себя самой счастливой женщиной на свете, пока однажды..., — голос женщины задрожал, ей было тяжело дышать. Лицо ее неожиданно побледнело.

— Я не могу больше говорить. Мне тяжело...вспоминать прошлое. Нет, не думай, Ребекка, не смотри на меня таким испуганным взглядом. Да, я все потеряла, я потеряла свою семью, но я никого не убила. Однако я совершила в жизни страшную ошибку, — она почти прошептала и замолчала.

— Пожалуйста, продолжайте. Как же я могу вам помочь? — чувство жалости проснулось в душе девушки, и она обняла незнакомку за плечи.

— Я хочу, чтобы ты выслушала мою историю до конца и смогла понять меня и простить.

Неожиданно, Ребекка стала догадываться, кто эта женщина. Она резко попятилась назад, будто что-то поразило ее — у Ребекки, единственной в семье, волосы были пепельного цвета, белая, прозрачная кожа и голубые глаза. Женщина тяжело вздохнула и продолжала:

— Итак, в один прекрасный день, меня остановила на рынке местная гадалка. У тебя прелестный ребенок, — сказала она, — но этот ребенок разлучит тебя с мужем. Будь осторожна с ним, а лучше всего — отделайся от него. Как ни странно, но ее предсказание меня ничуть не удивило — большие, внимательные глаза ребенка порой пугали меня, а муж мой души не чаял в дочери, порой забывая обо мне. В ту ночь я не могла уснуть. И я решила, что пришло время сделать выбор.... Я любила мужа и выбрала его.... Бог меня за это наказал.... Я потеряла его тоже...

Женщина перестала говорить и впервые посмотрела Ребекке прямо в глаза.

— Можешь ли простить меня, Ребекка? Я одинока и несчастна. Я достаточно много страдала и надеюсь, что Бог простил меня...

Ребекка подошла ближе к женщине и, наклонившись, погладила ее по волосам.

— Все эти дни я пыталась понять вас, но не могла.... Мне жаль вас, моя душа страдает, но я не могу вас простить...

Женщина подняла на Ребекку глаза, стараясь что-то сказать, но губы ее едва двигались. Ребекка наклонилась ниже и едва расслышала, что прошептала женщина:

— Я не виню тебя, Ребекка. Я понимаю. Мы два одиноких человека, едущих на поезде, который везет нас в никуда, а... может быть,...к нашему скорому концу. Ты слышала, что творится вокруг нас? Утром я отправляюсь на Голубую Дачу. Мы все погибнем там, все.... Но перед тем, как умереть, я надеялась, что ты найдешь в своем сердце сострадание и простишь меня.

— Да, я пыталась простить вас, — произнесла сурово Ребекка, — Я старалась найти в своем сердце прощение и не могла. Вы бросили меня в снегу умирать. Вы дали мне жизнь, а затем, пытались ее у меня отнять. Почему? Что сделала я вам? Могли бы вы сами простить такое преступление? Могли бы? Ответьте мне — могли бы???

Женщина не ответила. Она что-то постоянно шептала охрипшим, тихим голосом, но Ребекка не могла разобрать ее слов. Женщина разговаривала сама с собой, погрузившись в свой собственный мир, забыв о Ребекке и обо всем на свете. Мир вокруг нее стал чужим и далеким, совсем не тот мир, в котором еще теплилась последняя, маленькая надежда, что дочь простит ее. Она бессознательно взглянула на девушку.

— Не смотря ни на что, не забывай меня, Ребекка. Помни, что где-то на этой земле живет одинокая душа, которая любит тебя больше жизни...

Женщина протянула руку и слепо провела рукой по лицу Ребекки. Глаза ее потеплели, и виноватая улыбка коснулась уголков губ. Она еще какое-то время тихо сидела, опустив голову на плечи и бормоча что-то невнятное. Затем женщина медленно обвела комнату затуманенными от слез глазами, как бы оттягивая момент расставания, но не в состоянии найти нужных слов, она накинула на плечи свою черную, прозрачную шаль. И снова превратившись в черную фею из детской сказки, женщина, шатаясь, дошла до порога, взглянула последний раз на дочь и исчезла в тумане просыпающегося утра...

МАЛЕНЬКАЯ ТАЙНА

Солнце медленно выходило из-за облаков, стараясь растворить их в своих лучах. Наконец, устав от борьбы с упорными солнечными лучами, облака потихоньку рассеялись, и поток оранжевого солнца пролился на землю, еще слегка покрытую тающим весенним снегом. Был конец марта, и после затянувшейся зимы первый теплый день растопил грязные сугробы, оставшиеся после февральских заносов. Но дорожки парка уже были расчищены, и веселые люди в распахнутых пальто радостно вдыхали теплый, весенний воздух.

Я присела на скамейку, любуясь переливами солнечных лучей на поверхности голубого озера. Спокойно и величественно серебрилось оно почти у самых моих ног. Где-то вдалеке показалась цепочка утиного семейства, вышедшего на свою обычную прогулку. Залюбовавшись этой картиной, я не заметила, как кто-то удобно устроился на скамейке возле меня. Мои мысли прервал мужской голос, совсем близко. Голос был громкий, но очень приятный, несколько мелодичный, с какими-то извиняющимися нотками.

— I am sorry to bother you. All benches are occupied. I hope you don't mind.[1]

Я уловила едва заметный русский акцент и повернула голову, чтобы взглянуть на незнакомца. Рядом со мной сидел пожилой мужчина импозантной наружности. Темная куртка была расстегнута, вокруг шеи обмотан длинный серый шарф.

— It is too hot[2], — пожаловался он, разматывая свой длинный шарф.

— Мне кажется, что Вы говорите по-русски. Не так ли? — поинтересовалась я, не отвечая на его вопрос.

---

[1] Извините за беспокойство. Все скамейки уже заняты. Надеюсь, что вы не возражаете.
[2] Слишком жарко.

Мужчина почему-то очень обрадовался.

– Да, русский язык мой родной. Приятно услышать русскую речь в этом захолустье. Я ведь живу в Америке давно, с конца пятидесятых. А Вы?

– Двадцать лет. С конца семидесятых – ответила я, заинтересовавшись моим неожиданным собеседником.

Так завязался наш долгий разговор. Между нами пролегла какая-то весенняя дорожка тепла и взаимопонимания. Было ему на вид лет 80, а, может быть, и меньше, так как по его голосу и молодцеватой осанке было трудно определить возраст. Было в его внешности что-то отдаленно знакомое, даже как будто неуловимо родное. Я заметила, что и он внимательно смотрит на меня, как бы стараясь что-то припомнить.

Небо полностью очистилось от облаков, поднялся южный ветер, который слегка рябил так недавно еще спокойную поверхность озера. Чем-то обеспокоенная утиная семья вышла на берег и быстро засеменила вдоль озера, пока не скрылась из виду. Вдали были слышны только отрывочные и тревожные крики матери-утки, нарушающие тишину еще не пробудившейся природы.

Мое одиночество было нарушено, и недавнее чувство спокойствия сменилось неожиданным чувством разочарования и любопытства. *Может быть, именно любопытство к чужим жизням влияет на наше отношение к собственной жизни?* – подумала я, *– Уметь выслушать другого, вникнуть в суть его рассказа, задать нужный вопрос – дано не многим. Слушать собеседника еще недостаточно – надо еще и услышать его.* Неожиданно для меня мой новый знакомый снова заговорил, не обращаясь ко мне, а так, будто бы разговаривал сам с собой, стараясь что-то припомнить.

– У каждого человека есть в жизни тайна, которую он прячет в самой глубине своего сознания, хоронит как пепел, в котором еще теплятся угольки памяти. Он думает, что все сгорело, ушло в небытие, но та материя, из которой состоят наши чувства, готова вспыхнуть вновь от легкого прикосновения мельчайшей искры. Иногда в бессонную ночь человек возвращается к ней, этой тайне, и она снова погружает его в прошлое, приносит боль давно пережитого. Желание разрушить старое и на его пепле построить новую жизнь преобладает, но и гложет, потому что, разрушая старое, можно навсегда убить тот лучший момент твоей жизни, который никогда не повторится. А иногда…, – он на минуту задумался, – а иногда, вдруг случается, что-то знакомое промелькнет в воздухе, в пейзаже, в прошедшей мимо тебя женщине, и все прошлое вдруг поднимается на поверхность сознания, захлестывает, и ты чувствуешь, что задыхаешься. Так и сегодня…, — он снова помолчал и, внимательно посмотрев на меня, продолжал, — вы напомнили мне мое прошлое, женщину, которую я когда-то любил. Есть вещи в жизни, которые нельзя забыть. Бывают раны, которые не затягиваются. Боль, которая не утихает. Образы, которые не стираются. Встречи, которые невозможно вычеркнуть из жизни. Мечты, которые не свершились по вашей собственной вине. Знаете, есть такое прекрасное слово — «гордость». Вот эта самая «гордость» и помешала мне быть счастливым. Хотите послушать?

Он опять повернулся ко мне, и я заметила, как погрустнели его глаза, будто тень прошлого заволокла их оболочкой воспоминаний. Я не успела ответить, как он заговорил снова, будто забеспокоившись, что я могу отклонить его предложение, встать и уйти, оставив его со своей, так никогда никому и нерассказанной тайной. Он продолжал, обращаясь ко мне. Голос его стал чуть-чуть глуховатым, иногда он переходил почти на шепот, будто боялся, что кто-то еще может подслушать его тайну.

— Шел 1947 год. Я только что вернулся в Ленинград из армии и поселился у старой моей тетушки, в коммунальной квартире, как сейчас помню — Невский 88, кв. 17. Я не спросил вас, откуда вы?

— Да, да, я тоже из Питера и жила когда-то, правда всего несколько лет, в том же доме, только в квартире 13, этажом ниже.

— Странное совпадение, — сказал он задумчиво и, помолчав несколько секунд, продолжил свою историю.

— Комнатка у тети была маленькая, продолговатая, с одним окном, выходящим на большой двор. Стояли в комнате две узкие кровати, стол и два стула. Тетушка моя была старенькая, часто плакала по ночам, громко всхлипывая и что-то бормоча. Семья наша вся погибла в начале войны в Белоруссии, где жили мои родные. Всех расстреляли, до единого — только она одна и спаслась чудом. Поступил я сразу же учиться в Холодильный институт, хотя всегда мечтал о журналистике. Но дело не в этом.

В двух кварталах от нашего дома, на Невском проспекте, была студия фотографии, находилась она в подвале четырехэтажного старинного здания. Витрина студии была почти на уровне земли, но окно было большое, и в окне этом выставлялась только одна фотография. Вот от этого лица я не мог отвезти глаз. Помните биографию Александра Грина — он тоже полюбил женщину, фотографию которой увидел в витрине. Описать лицо этой женщины невозможно. Его надо было видеть – тонкие черты лица, густые, волнистые волосы и глаза, глубокие, печальные, проникающие прямо в душу. Не я один любовался этой фотографией. Она как будто притягивала к себе людей – столько было в лице этой женщины одухотворенного, неземного и трагичного. Я мечтал ее найти. Но как? Зайти в фотолабораторию и спросить – я стеснялся, хотя и проходил мимо почти каждый день. Наконец, я уговорил моего друга сделать это за меня. Каково же было мое удивление, когда оказалось, что она работает именно в этой самой фотографической мастерской. Два дня я проходил мимо, не решаясь зайти. Мужество покинуло меня, и я превратился в настоящего труса, хоть и вернулся с войны с медалями за отвагу.

Холодные, зимние сумерки медленно вечерели. На Невском кое-где зажглись уличные старые фонари, сохранившиеся еще со старых времен. Пошел мелкий, искрящийся снежок, прилипавший к фонарям. Снежинки кружились вокруг, как маленькие светлячки, пока их не отогнал порывистый ветер. Я долго шел пешком и потому изрядно замерз в своей военной шинели. Проходя мимо студии, я заметил, что в ней еще горит свет, хотя шел уже девятый час вечера. Я сбежал по маленьким, крутым ступенькам и распахнул дверь. Свет в помещении был тусклый, и я не сразу ее увидел. Она стояла ко мне спиной, перебирая или упаковывая какие-то снимки. «Здравствуйте», – сказал я, испугавшись своего собственного взволнованного голоса. Женщина обернулась, и глаза наши встретились. Они сомкнулись только на долю секунды, но я увидел в них чистый, ясный свет и тень грусти, и какую-то глубокую печаль. Что-то больно кольнуло в сердце. Я молчал. Молчала и она, все еще удивленно смотря на меня, такого позднего и неожиданного посетителя. Я хотел что-то сказать, но не знал, что нужно говорить в таких случаях. «Извините», – произнес я и без всякого объяснения, открыл дверь и, взбежав по крутым ступенькам, вышел на улицу. Глупо, не правда ли? Но я был тогда еще очень молод и не опытен. Я остановился возле витрины, задумавшись. К моему удивлению я вскоре услышал стук закрывающейся двери. Подняв голову, я увидел, что она стоит возле меня и улыбается.

– Чем же я вас так напугала? –

Я растерялся и тут же выпалил:

– Я познакомиться хотел. Можно?

– Можно, – сказала она просто и протянула руку. – Марина.

Вот так мы и познакомились. В этот первый наш вечер мы долго гуляли по Невскому проспекту, потом повернули на Литейный, обошли круг и снова вышли на Невский. Расставаться не хотелось, но стало уже темно и холодно. Редкие прохожие торопились укрыться от пронизывающего, зимнего ветра. Она жила недалеко от меня, в Поварском переулке, и я проводил ее домой. Казалось бы простая, банальная история любви двух одиноких людей, переживших войну и потери. Но не торопитесь с выводами. Ведь любые чувства и обстоятельства имеют разные оттенки. Обстоятельства…. Какое ужасное слово…. В нем содержится столько всяких оттенков и значений, – он долго молчал, устремив взгляд на гаснущую поверхность озера. Наконец, собравшись с мыслями, продолжал.

– Марина была замужем. Сейчас, вспоминая каждую деталь наших встреч, я думаю, что недостаточно понимал ее, не пытался понять. Муж ее в то время работал директором какого-то военного завода в Минске, и виделись они очень редко. Она вышла замуж не по любви, еще до войны, когда не было ей и 18 лет. Отец настоял – или он, или уходи, я, мол, тебе больше не отец. Во время войны родился сын, родился мертвым. Мы встречались уже почти год. Последнее время я заметил, что Марина часто глухо покашливала, на все мои просьбы обратиться к врачу, только отмалчивалась. Я умолял ее разойтись с мужем. Она обещала, только не говорила когда. Как-то зайдя к ней в студию, я увидел его – невысокого роста, немного лысоватый, с хорошей доброй улыбкой и пухлыми, как у ребенка губами. Если бы вы только видели, какими глазами смотрел он на Марину. Меня охватило дикое чувство ревности. Я понял в эту самую секунду, что женщина, которую я любил, не принадлежала мне. Она могла исчезнуть из моей жизни в любую минуту. Больше всего было обидно, почему она не сказала мне о приезде мужа, почему скрыла? Я повернулся и выбежал из студии. Всю бессонную ночь я думал о Марине, о наших отношениях, и решил не видеть ее, пока она сама меня не позовет или расстанется с мужем. Я данное себе слово сдержал и целую неделю выдерживал характер, неся с достоинством свою, так называемую «гордость». Но выдержать больше недели я не смог. Возвращаясь в пятницу вечером с занятий, я увидел в ее лаборатории тот же едва мерцающий свет. Постояв несколько минут в раздумье, я сбежал по крутым ступенькам и распахнул дверь, столкнувшись в дверях с незнакомым мужчиной в больших, толстых очках. Я был ошеломлен.

– А где Марина? – почти прокричал я, разочарованно глядя на

этого толстого, незнакомого человека с неприятной, желчной ух-
мылкой.

— Она здесь больше не работает. Я вместо нее, — сказал он неприятным, как мне показалось, даже писклявым голосом, глядя на меня через толстые стекла очков.

Я был раздосадован.

— А как я могу ее найти? — почти прохрипел я.

— Помочь не могу, молодой человек, — ответил он уже более дружелюбно, — если адрес знаете, попытайтесь найти ее дома.

Я выбежал из студии расстроенный. Неужели она уехала с мужем? На звонок в ее квартире долго никто не открывал, пока, наконец, не выползла маленькая, сгорбленная старушка.

— Нет здесь такой, не живет, — сообщила старушка недовольным, разбуженным голосом и захлопнула дверь.

Прошел месяц, я метался, я ждал.... Я надеялся, что она вернется.... И, наконец, только через два месяца я получил от нее письмо в конверте без обратного адреса. Она писала, что была больна, почти при смерти, что у нее нашли туберкулез, и муж увез ее на лечение в Крым. Просила не искать... забыть. Писала, что будет всегда помнить и любить.... Я перечитывал ее письмо каждый день, пытаясь найти между строк ответ.... Если любила, почему уехала, почему не сказала, что тяжело больна. Тетушка моя видела мои страдания и, не выдержав, села как-то рядом, взяла за руку, я и рассказал ей все. Она долго молчала, а потом, вытерев рукой вдруг скатившуюся слезу, сказала:

— Я ведь тоже потеряла любимого человека. Расстрелян он был немцами еще в 42-ом. Понимаю, как тяжело терять. А почему потерял ее — отвечу — оба вы были слишком гордые. Не хотела она говорить тебе о своей болезни, боялась, что не поймешь и бросишь, а мужу доверилась, вот он ее и увез лечиться. Спас он ее, и потому она с ним и осталась. Видно, человек был хороший. Да, ведь и ты, увидев ее с ним, исчез. Гордость и ревность победили любовь. Может быть, она ждала.... Кто теперь знает...

Он замолчал. Молчала и я.... Почему-то вспомнилась мама, всегда молчаливая, сосредоточенная и грустная. Уже десять лет, как не стало ее... угасла она медленно... было больное сердце.

— Я ведь так никогда и не женился. Все ее искал...

Он неожиданно достал толстый бумажник, вытащил старую, потертую фотографию и протянул мне. На этом выцветшем, коричневом снимке он стоял под высоким деревом в форме военного летчика, лицо серьезное, задумчивое. А рядом стояла тоненькая девушка в длинном, цветном сарафане, счастливая и улыбающаяся. Летчик смотрел прямо в камеру, обнимая ее одной рукой за талию. На другой стороне была надпись «Ленинград, 1947 год».

Я узнала ее сразу…. Мама всегда бережно хранила этот снимок в альбоме с другими, дорогими ее сердцу старыми фотографиями. Здесь была другая мама – веселая, молодая, святящаяся изнутри счастьем. Мужчина мало изменился – то же благородство в лице, глубина взгляда и доброта.

Я думала о маме, о ее судьбе. Почему я так мало знала о ее прошлом? Наверное, потому, что мама никогда ничего о себе не рассказывала. Она редко улыбалась, и на ее прекрасном и загадочном лице лежала печать постоянной грусти. Была она не только красива, но и талантлива. После ее смерти я нашла в ящике письменного стола тетрадку ее неопубликованных стихов. На обложке стояло посвящение – всего две буквы «А. П.». Я перебрала в голове всех наших знакомых, но никого с такими инициалами найти не могла. Помню, что на все мои вопросы мама отвечала: «Не спрашивай… это мой секрет…. У каждого человека должна быть в жизни своя маленькая тайна».

Я задумалась, а когда снова обернулась к незнакомцу, его уже не было рядом…. Он медленно спускался по тропинке к озеру – высокий, прямой, он шел, опустив голову, видимо, о чем-то думая. Солнце почти опустилось за горизонт, высвечивая на поверхности воды розовыми и желтыми лучами длинную, узкую дорожку. Заходящее солнце слепило глаза, и мне казалось, что он идет по этой странно освещенной дороге куда-то за горизонт, в бесконечность, унося с собой ту маленькую тайну, которую так глубоко хранил все эти годы…

ФЛОРЕНЦИЙ

Маленький человек в большом, равнодушном городе жил тихо и незаметно. Было ему страшно и одиноко, грустно и тяжело, но зов его о помощи оставался не услышанным. Осенние дожди смывали память о нем, отмывали шаги его на мокром асфальте. Каждый жил своей жизнью, никто не замечал его в толпе на улице или в очереди в магазине. Он тихо и молча скользил по жизни, как будто его и не было. Внешность его была незаметной, голос негромкий, походка осторожная, а шаги – тихие, будто жил он в безвоздушном и бездушном пространстве. Сколько таких несчастных, маленьких людей живут незаметно в шумных и веселых городах? Они не просят о помощи, не кричат о своем одиночестве, пока однажды не случится беда, и равнодушный прохожий не столкнет его безобидным жестом в глубокую пропасть. Так случилось и с нашим героем.

Ранним утром в воскресенье молодой человек выбросился с седьмого этажа своей квартиры на мокрый от дождя асфальт. Хозяин квартиры выкинул его вещи в мусор вместе со старым креслом, покрытым бархатной, выцветшей занавеской. Никто из соседей не знал его имени и не мог вспомнить, когда и как въехал он в этот старый, семиэтажный дом. Случайные прохожие толпились вокруг дома, с любопытством обсуждая случившееся. И только одна сердобольная старушка стояла в стороне, тяжело и жалостливо вздыхая о незнакомом молодом человеке так рано и добровольно ушедшим из жизни. Она жила в квартире напротив и все, что знала она – это его имя – Флоренций.

* * * * *

Был Флоренций маленького роста с круглой большой головой и не по росту длинными руками. Грустные, глубоко посаженные глаза странно выделялись на белом, всегда чисто-выбритом лице. Улыбался он застенчиво и доверчиво, и при этом почему-то всегда прятал руки за спину. Ходил он широкими, неуклюжими шагами, размахивая при этом правой рукой, как бы придавая своей ходьбе ускорение. Друзей у него не было, да и знакомых тоже. Был он тих и неразговорчив, потому его чурались, его не любили и не понимали, чаще всего избегали и совсем редко приглашали в гости. Был он замкнут в своем четырехугольном пространстве и совершенно одинок в большом чужом городе, куда приехал с мамой из России. Мамы скоро не стало, а он остался, неприспособленный к жизни, маленький, несчастный человечек с громким именем – Флоренций.

Это странное имя дала ему мать, так как еще в далекой молодости мечтала побывать во Флоренции и посмотреть собственными глазами на известную скульптуру обнаженного Давида – шедевр Микеланджело. Как появился на свет Флоренций, никто не знал, так же как никто не знал, кто был его отец. Мать растила его аккуратно, тщательно обучая его своей любимой живописи. Еще совсем маленьким таскала она его по музеям, водила в Эрмитаж, в Русский музей, зачем-то повезла один раз в Екатерининский дворец в Пушкине. Он внимательно вместе с ней рассматривал каждую картину, заложив руки за спину и высоко поднимая голову, чтобы хоть что-то увидеть. Люди останавливались и улыбались добродушно такому любознательному малышу. Одевала мать его тщательно и красиво, при этом обязательно надевала на его густые, длинные волосы синий берет, который он немедленно сдернул по приезде в Америку. И никакая сила не могла его больше заставить носить этот, на его взгляд, женский головной убор.

Живопись он все-таки полюбил, но больше увлекся русской литературой и особенно поэзией. Писал стихи медленно, пряча испещренные стихами листы бумаги от матери, которая поэзию не признавала и называла ее бредом больного мозга. Но однажды она обнаружила его стихи и, прочитав, в ужасе замерла. Все строки были о его душевных муках. В каждом из них была тоска по любви и мысли о самоубийстве. Ей стало страшно, заболело, защемило сердце, ведь было ему тогда только 16 лет. С тех самых пор сердце ее не прекращало болеть до самой смерти.

Со временем Флоренций становился все угрюмее и молчаливее. Кое-как закончил колледж и, не найдя ни друзей, ни подходящей работы по специальности, устроился в какую-то фирму продавать страховку. Продавал плохо, неумело, и скоро работу потерял. Переменил еще несколько профессий, пока кто-то из сочувствия не порекомендовал его за честность в обувной магазин, где он и стал работать продавцом.

Магазин был маленький и тесный, уставленный вдоль стен узкими полками с моделями модной женской обуви. От этой пестроты перед глазами у него мелькали разноцветные шарики, которые разлетались в разные стороны при каждом хлопанье входной двери. По бокам стояли мягкие, обитые красным бархатом пуфики. Каждый раз, когда дверной колокольчик издавал тревожный звук, Флоренций вздрагивал и бежал навстречу новой покупательнице, всегда застенчиво опуская при этом свои большие, грустные глаза.

Каждый день теперь склонялся он на колени перед женскими ногами. Были они разных форм и разной длины – одни прекрасные, другие уродливые. Одни издавали приятный, легкий аромат, другие, обычно полные ноги, пахли неприятно и вызывали у него головокружение и рвоту. Однако дело свое он делал с рвением, и хозяин был им доволен. Вечерами, после работы, Флоренций писал стихи.

У этих нежных ног
есть формы византийских статуй,
Есть ноги узкие, и перейдя порог
Ты чувствуешь их запах сладкий.
Но в сердце дрожь,
В глазах моих тоска.
С кем говорить, куда пойдешь?
И смерть близка.

Прошло три года со дня смерти матери, и постепенно горе его как-то притупилось. Одиночество стало привычным, с ним он беседовал по вечерам, ему поведывал свои мысли, читал последние стихи, медленно раскачиваясь в старом кресле, покрытым истлевшей, бархатной занавеской. Часто по вечерам рассматривал он альбомы с репродукциями своих любимых художников. Вот желто-зеленый человечек, Эдварда Мунка, что-то кричащий в пустоту. Флоренций слышал этот крик, чувствовал и понимал, почему кричал этот маленький, несчастный человек. А сзади, на мосту, стояли равнодушные люди, и только волновалась и бушевала раскрашенная грубыми мазками зеленая река. Любил Флоренций и картину Марка Шагала «С днем рождения», на которой были изображены летящие к небу, счастливые люди. Он и не помнил, когда последний раз праздновал свой день рождения и долго вспоминал, сколько же ему теперь лет – тридцать пять или, может быть, уже и больше.

Да ему было, на самом деле, безразлично, когда, где и зачем он родился. Он жил в пустом пространстве маленькой квартирки, состоявшей из двух небольших комнат и кухни. Комната большего размера служила ему гостиной, где кроме старого кресла и телевизора ничего не было. Стены почему-то были выкрашены в темно-коричневый цвет, но ковер на полу был ярко зеленый, цвета обгоревшей травы, и он всегда портил ему настроение, но что-то менять в квартире не хотелось, было лень и неинтересно.

Так и жил Флоренций один в этом чужом, четырехугольном и замкнутом пространстве. Мир вокруг существовал без него, он был только посторонним наблюдателем того, что происходило вокруг него, но без его участия. Читал он обычно в кровати перед сном, а потом долго не мог уснуть, думая о прочитанном. Телевизор Флоренций включал редко, и все новости об убийствах, изнасилованиях, безработице и плохой экономике настолько его огорчали, что он потом всю ночь ворочался в своей неудобной постели, будучи не в силах уснуть от мыслей о том, как страдают вокруг люди, а он, одинокий, несчастный, маленький человек, не может и не знает как помочь. Иногда он плакал, когда вспоминал свою несчастную мать, которая так никогда и не побывала во Флоренции, прожив всю жизнь в несбыточных мечтах.

Вместе с переходящими в ночь сумерками, он становился еще грустнее и рано ложился спать, но строчки стихов, как назойливые пчелы, часто жужжали в голове, пока он не вставал, чтобы записать их на клочке бумаги. Иногда утром он о них забывал, и клочок выбрасывал, но вспомнив об этом на следующий день, пытался стихи восстановить, однако, не мог и расстраивался еще больше.

Любил он утром принять холодной душ в маленькой квадратной ванной комнате серого цвета, потом вместо кофе выпить стакан крепкого, горячего чая. А придя с работы, заваривал он свой любимый растворимый кофе, который пил всегда с сухариком из русского магазина. Только потом, убрав со стола стакан и крошки от сухарика, устраивался с тетрадкой в своем любимом кресле на бархатной подстилке и писал, писал стихи пока не наступали глубокие сумерки, и ночь закрывала его окно черной, пятнистой занавеской. Он подолгу смотрел на темное окно, за которым жил и веселился большой город, и ему было тяжело от своего одиночества. Иногда хотелось снять трубку и позвонить кому-нибудь, рассказать, как ему тяжело и одиноко, но не было такого человека на всем белом свете, кому бы мог он поведать о своей жизни.

Вечера проходили быстро, и тетрадки со стихами сменяли одну за другой. Он аккуратно складывал их на тумбочке возле маминой кровати так, если бы он хотел показать ей назло свои сочинения, которые она не одобряла и не понимала. Однажды он все-таки решился послать свои стихи в местную русскую газету, но ему даже не ответили, и от этого он еще больше разнервничался и дал себе слово больше никогда никому стихов своих не показывать. Так и жил бы Флоренций один в своей пустой холостяцкой квартире, если бы не одно событие, которое сломало ритм его жизни, вывернуло наизнанку его тонкую душу и бросило его в то самое пепелище мира, в котором он до того момента не существовал.

А произошло следующее. В четверг вечером, перед самым закрытием обувного магазина, вошла женщина. Лица ее Флоренций не видел, но ноги ее были прекрасны – узкая, тонкая стопа с лакированными красными ногтями издавала аромат цветов, а тонкая щиколотка манила чудесной белизной и гладкостью бархатной кожи (почти, как покрывало его старого кресла). Флоренций почувствовал сразу доселе неизвестный ему трепет и понял, что это любовь. Он приносил ей одну пару туфель за другой, так и не заглянув ей в лицо. Но подавая ей весомый пакет, он все же решился взглянуть на нее украдкой своими большими, грустными глазами. Девушка была еще совсем молодой, с рыжими, выкрашенными волосами, завязанными сзади красной лентой, губы были тоже ярко красные, а ее коротенькая юбочка была белая в мелкий черный горошек. Она купила по его совету три пары летней обуви по большой скидке, и, направляясь к выходу, вдруг бросила фразу, все еще двигаясь спиной к нему:

– Как вас зовут, юноша с прекрасными глазами?

Флоренций оцепенел, и его бледные щеки зарделись румянцем.

– Флоренций, – пролепетал он едва слышно.

Девица оглянулась и уставилась на него в изумлении.

– Что за странное имя? Хм, хотя в этом что-то есть.

Она протянула ему руку.

– Милания меня зовут. От слова Милан.

И пощекотала пальчиком его ладошку. Он не понял серьезно она или шутит и сконфузился.

– Здравствуйте, – сказал Флоренций застенчиво и неожиданно добавил, – а я из Флоренции пришел, вернее мое имя. А сам я – из

России.

Милания вскинула на него растопыренные, серые глаза с черными подводами и рассмеялась громко и весело.

– Вот так совпадение. А ты откуда точно-то из России?

Она вдруг перешла с ним на «ты».

– Я питерский. Из Эрмитажа. А вы? – трепетно пролепетал Флоренций, не решаясь из уважения к ее стройным ногам перейти на «ты».

– А я с Житомира, – сообщила бодрая девица, вдруг передумав покидать магазин.

– Ты чего будешь такой застенчивый? Пойдем пообедаем где-нибудь вместе. Хочешь?

Ну, конечно же, он хотел, очень хотел пообедать с ней, очень хотел и не верил такому неожиданному счастью. «Такая женщина, такие ноги – белые, нежные, стройные». И строки новых стихов уже танцевали в его голове танго любви.

Ресторан был недалеко, за углом. Августовский вечер задыхался в капельках влаги, которые набухали, как цветные воздушные шарики. Лопаясь, плыли они в воздухе, гонимые легким летним бризом. Зажглись поздние, вечерние огни, выхватывая из городских рамок заблудившихся одиноких прохожих. Блестящий после дождя асфальт плыл перед его глазами фантастической дорогой в счастливое будущее. Они шли в глухом молчании, он погрязший в строках своих стихов, она – неизвестно о чем мечтающая. Да он и не спрашивал, охваченный новым трепетным ощущением. Ресторан был почти пустой – время приближалось к девяти часам вечера. Маленькие столики были накрыты белоснежными скатертями с красными салфетками. На каждом столе едва мерцала свечка в прозрачном стаканчике. На стенах красовались красные драконы, которые Флоренцию почему-то очень не нравились, и он старался на них не смотреть. Официант вежливо положил на стол меню и отошел в сторону, разглядывая Миланию своими прищуренными, чуть раскосыми глазами. Ждал долго пока они что-то молча выбирали.

– Можно брать заказ? – наконец не выдержал официант и забрал у них меню.

– Мне, пожалуйста, мясо, – сказала Милания, – но без курицы, рыбы или свинины.

Китаец улыбнулся и повернулся к Флоренцию.

Флоренций растерялся. Был он в ресторане первый раз в своей жизни.

— Мне тоже… говядину без курицы и рыбы. Свинину я не ем. А суп я люблю горячий. Сам-то я не варю. Мама варила. А теперь некому.

Он посмотрел на официанта и замолчал. Милания фыркнула в салфетку.

— Ну и странный же ты. Зачем ты ему про свою маму рассказываешь. Он же официант. А мне не интересно. У меня тоже мамаши нет. Концы отдала в прошлом году. Вот так-то, Флоренций.

И замолчала, поджав губы, чтобы не расплакаться.

Они ели китайский суп с курицей, рис с каким-то сладким мясом и закусывали китайским печеньем с предсказаниями дальнейшей любви. Говорили в основном о курице в супе и сладком мясе. Она даже несколько раз ему улыбнулась, а он смотрел на нее грустными глазами, из которых уже начинало просачиваться счастье. Флоренций заплатил за обед, и в загадочном расположении духа покинул ресторан, нежно придерживая Миланию под локоть.

— Куда пойдем? — неожиданно спросила она, глядя на проезжавшие мимо машины.

Он замер.

— Вот оно счастье, — думал Флоренций, — свершилось.

Он остановил желто-грязное такси с разговорчивом грузином за рулем и повез Миланию к себе домой. Таксист зачем-то долго возил их по ночному Нью-Йорку, пока Милания, уже почти засыпавшая на плече у Флоренция, не раскричалась на таксиста на плохом английском за его бессмысленное кружение по городу. Флоренций ничего не понимал — он только остро ощущал нежную округлость Миланиного колена и тепло, исходящее от ее тела. По лестнице они поднимались держась за руки, как трепетные влюбленные. Маленькая, едва мерцающая лампочка, подмигивала им на каждой ступеньке, как старая заговорщица, которая желала несчастному Флоренцию только добра. В квартиру Милания вошла первая и поморщилась, обведя его убогую обстановку недовольным взглядом: на полу, возле кресла валялись исписанные листки бумаги с его последними стихами, на столике возле кресла стояла недоеденная с прошлого вечера куриная нога. Пыльные бархатные портьеры были задернуты, и от настольной лампы падал на зеленый ковер тусклый, желтый свет.

— Ну и обстановочка у тебя. А спальня-то где? — спросила она громко зевая.

— Да вот же дверь.

Он кивнул головой в сторону широко открытой, облезлой двери своей спальни.

Милания не взглянув на него, тут же отправилась в спальню раздеваться.

Флоренций долго не решался войти в комнату, аккуратно складывая в гостиной свои вещи на бархатную выцветшую занавеску. В спальне было темно, и он с трудом различил голову Милании на своей единственной подушке. Она спала, чуть-чуть посапывая, свернувшись клубочком на правом боку и стянув на себя все его одеяло. Флоренций лег рядом и ждал, пока она откроет глаза, но она так и не проснулась. Он долго лежал неподвижно, уставившись в темный потолок, боясь пошевельнуться и разбудить Миланию. Уснул он только под утро, тяжело похрапывая во сне. А когда он открыл, наконец, глаза, солнце заглядывало в окно, и Милании уже не было рядом. Одеяло и подушка валялись на полу, а на столике в гостиной, возле недоеденной курицы он нашел записку, чтобы он ее не искал, найдет, мол, его сама, если будет настроение. Первый раз в жизни Флоренций опаздывал на работу. Он был счастлив.

Терпеливо ждал он каждый день вестей от Милании, занося все свои чувства в тетрадь в виде стихов, которые лились из него по вечерам нескончаемым поэтическим потоком.

Милания, мои страдания в стихах не передать.
Тебя я вспоминаю часто... и мою мать.
Течет из времени река в мою постель.
Тебя я видел наяву. Теперь ты – тень.

Флоренций больше не читал в кровати перед сном, а думал о том, что надо изменить свою жизнь. Может быть, даже пойти в следующий выходной в музей посмотреть новую выставку кубистов? Но все выходные он промаялся и решил все-таки из дома не выходить. А вдруг придет Милания, а его нет? Он помечал дни без нее в календаре, висящем на кухне на холодильнике так, чтобы каждое утро, открывая дверь холодильника, он мог вычеркнуть из своей жизни одиноко прошедший без нее еще один вечер.

Милания появилась только на десятый день. Появилась не одна, а с двумя подружками и двумя парнями. Флоренций был счастлив! Компания ему понравилась. Веселые такие ребята – все, кроме Милании, из Одессы. Приехали, американизировались. Милания взяла его нежно за руку.

— Пойдем в тот же ресторан или хочешь в другой?

Она дотронулась своим дивным голым коленом до его ноги.

Флоренций не ответил, только посмотрел на нее сияющими и уже не грустными глазами, и она поняла, что он влюблен. Ресторан был новый, красивый и видно, что из дорогих, и назывался «Русский романс». Столики стояли близко придвинутые друг к другу. Стены были выкрашены в желтый цвет, а на эстраде вульгарная девица кричала что-то вроде песни, в которой он только уловил английское слово «бэйби». От громкого оркестра лопались барабанные перепонки и было не слышно собственного голоса, но с Флоренцием и так никто не разговаривал. Увлеченные едой и танцами о нем все забыли. А стол ломился от яств, и умиленный Флоренций наблюдал из-за бутылок вина, как быстро двигала ногами его возлюбленная, крепко прижимаясь большой грудью к партнеру. Ему было хорошо и весело. Времени он не замечал, хотя было уже за полночь. Пора было уходить. Он вопросительно посмотрел на Миланию, которая почему-то пересела поближе к своему танцевальному партнеру.

— Ну что уставился, Флоренций из Флоренции? Плати, дорогой. Денег у нас нет, а за удовольствия надо расплачиваться, — и многозначительно взглянула на него, как бы напоминая о проведенной вместе ночи.

Разгул в «Русском романсе» стоил ему месячной зарплаты. Уже в дверях ресторана Милания повернулась к нему лицом.

— За мной не иди. У меня теперь другая любовь, а ты посмотри лучше на себя в зеркало, на кого ты похож — чучело какое-то, продавец обуви. Пока. Больше не увидимся.

Она уже была далеко в поисках такси, а он все стоял возле ресторана, потерянный и разбитый, несчастный Флоренций, вдруг познавший не только любовь, но и жестокость этого маленького узкого мира, куда попал он по нелепой случайности. В голове уже бродили новые строки стихов:

Дождь, не дождь, а в сердце вечер.
Почему не длится вечность,
Трепет чувств, огонь любви?
Я так ждал. Ты позови,
Я дойду с тобою вместе до зори.
Дождь размыл асфальт дорог,
Что ж осталось? Пулю в лоб.

Домой он шел пешком, плохо понимая, почему на сердце вдруг стало так тяжело. Почему она так жестоко с ним поступила? Что сделал он не так? Темные улицы извивались и убегали куда-то глубоко в ночь. Одинокие фонари выхватывали из темноты редких прохожих, бродящих без цели по спящему, ночному городу. Из-за угла, прямо под фонарем выскочила черная, ободранная кошка и, громко урча, перебежала дорогу. Флоренций вздрогнул, и будто очнувшись, остановил пролетавшее мимо свободное такси. Тяжело поднялся он на последний этаж, засунул ключ в замок и задумался – зачем он пришел в эту пустую квартиру, зачем он пойдет завтра в обувной магазин, чтобы опять склоняться у чужих ног? Флоренций открыл дверь, и, не раздеваясь, глубоко упал в старое кресло. Он долго сидел в темноте. На какое-то время ему показалось, что он задремал. Он видел во сне мать – она звала его к себе и уверяла, что там, где она сейчас, ему будет хорошо. Нет, она его не просила, она его умоляла. Флоренций открыл глаза – сквозь грязную портьеру едва проникал свет уличного фонаря. Ему было холодно, страшно и одиноко. Он все еще слышал зовущий голос матери и думал о том, как было хорошо, когда она была жива и как жаль, что они так и не побывали во Флоренции.

Флоренций встал и открыл окно. Вечерний душный воздух ворвался в комнату с гулом проезжающих машин. Было влажно, накрапывал мелкий дождь, и фонарь на противоположной стороне улицы светил в этой сетке дождя особенно тускло. Он больше не думал об одиночестве, о своей неудавшейся и несчастной жизни. Флоренций смотрел на узкую улицу в пелене дождя, которая почему-то напоминала ему картину Жоржа Сёра, и верил, что скоро увидит мать, и там, в другом светлом мире, где днем всегда будет яркое солнце, а по вечерам желтая, веселая луна будет освещать города, а не эти тусклые, грязные фонари, ему будет хорошо и уютно.

Утром Флоренций выбросился с седьмого этажа своей квартиры на мокрый от дождя асфальт. Вещи его хозяин квартиры выкинул в мусор вместе со старым креслом, покрытым бархатной, выцветшей занавеской, а мусорный мешок топорщился от толстых, испещренных стихами тетрадей, и памятью о несчастном, маленьком человеке, познавшем только раз в жизни трепет настоящей любви.

ПОСЛЕСЛОВИЕ

О РАССКАЗАХ ЕЛЕНЫ ДУБРОВИНОЙ

Книга рассказов Елены Дубровиной состоит из пятнадцати новелл. Рассказы ее романтичны, хорошо продуманы психологически и драматургически, развязка порой нисходит на читателя как катарсис. У писательницы двойной дар — рассказчика и драматурга. Эти два больших дара и делают ее рассказы столь впечатляющими. Она влюблена в эпоху 30-х — 40-х годов прошлого века. Елена хорошо знает это «переломное» время и часто «десантирует» своих героев именно в эту эпоху. «Блажен, кто посетил сей мир в его минуты роковые», — говорил Тютчев. «Мне интересен герой в ситуации экзистенциальной, в момент выбора», — это уже Владимир Высоцкий. Елене Дубровиной столь же интересны ее герои «в минуты роковые». Они проявляют в критические моменты жизни свои лучшие человеческие качества. И, когда судьба побеждает ее героев, они все равно остаются в глазах читателя непокоренными. Это обстоятельство вызывает симпатию и сострадание.

Елена много пишет о несвершенной любви. Такая любовь, не сумевшая себя реализовать в плену неблагоприятных условий, вырастает до монументальных размеров, как это было, например, с Ромео и Джульеттой у Шекспира. В рассказах писательницы «Плакучая ива» и «Одиночество» разлука и смерть одного из возлюбленных, казалось бы, прерывают полет чувств. Но любовь под натиском обстоятельств не умирает, и это бессмертие любви, показанное в рассказах Елены Дубровиной, ставит их в один ряд с лучшими произведениями современной новеллистики.

«Книга поднимает вечные вопросы любви и одиночества, жизни и смерти, судьбы и случая, смысла жизни и важности творчества. Она рассказывает о влиянии поэзии и искусства на становление души, на наше отношение к тем, кого мы любим. Главные герои этих рассказов — поэты, художники и ученые, которые принимают трудные решения в поисках счастья, покоя и душевного равновесия», — так пишет в аннотации к своей книге ее автор Елена Дубровина.

Автор умеет выделить из долгой человеческой жизни именно те моменты, когда душа человека живет, а не влачит жалкое существование. Писательница схватывает малейшие ее движения: смятение, радость, сожаление. Даже отрицательные герои, такие, как профессор Минский, у нее получаются живыми и деятельными. А трагизм жизни действующих лиц рассказов Елены Дубровиной часто заключается в несоответствии планов на жизнь с конечными результатами. Мы не всегда знаем свои возможности, и потому иногда себя недооцениваем, но чаще — переоцениваем.

Через все рассказы писательницы проходит мотив одиночества, пускай даже это — «одиночество вдвоем». Вся жизнь ее героев — это, в сущности, мечты, странствия и одиночество. Одиночество персонажей скрашивается и словно бы «уравновешивается» поэтическими моментами в жизни. И каждый раз складывается впечатление, что героям Дубровиной совсем чуть-чуть, какую-то малость не хватает до счастья. Казалось бы, ты уже держишь эту жар-птицу…. Ан, нет, она раз — и выскальзывает из рук. А если герой находит, наконец, свое счастье, его, словно нарочно, именно в этот момент забирает смерть. Иногда просто по старости (художник Петр Флор, «Плакучая ива»), иногда — по недоразумению (поэт Артур Яблонский, «Одиночество»). Или — героиню внезапно уносит болезнь («Осенняя мгла»). А иногда — все есть у ее героев, даже счастье, но страсть мешает творчеству, а творчество — любви, внося беспорядок в душу героя («Муза»). Но, как только одна из ипостасей (страсть) уходит, гармония в душе человека, как ни парадоксально это прозвучит, восстанавливается.

Еще одна характерная особенность рассказов Елены Дубровиной — любовь у ее героев не проходит, она — своего рода данность, константа, мало подверженная изменениям. Да, ей, конечно же, отовсюду мешают — жизнь, обстоятельства, войны. Но сами чувства пребывают в неизменной достоверности, искренности, непоколебимости. Они могут даже уйти в глубокие пласты подсознания, как, например, в рассказе «Плакучая ива», но и там сохраняют свою единственность. В мире, где «все проходит», есть, тем не менее, своего рода островки бессмертия — это глубокие и сильные чувства героев писательницы. Может быть, именно поэтому мы так сочувствуем персонажам ее рассказов. Иногда герои Дубровиной проявляют в критические моменты истинное душевное благородство. Например, героиня «Осенней мглы», зная, что неизлечимо больна, ничего не рассказывает о себе любимому человеку. Хотя, казалось бы, это так по-женски – расплакаться, попросить утешения…. Персонажи ее часто поступают нестандартно, не так, как от них можно было ожидать. Порой они демонстрируют нам высокие образцы человечности, и мы просто восхищаемся ими и благодарим их за то, что они – есть.

Писательница блестяще вплетает в свои рассказы описания природы, тут она не уступит лучшим мастерам прошлого. Природа у нее одухотворенная, она живет вместе с людьми, дышит их чаяниями, опасениями и надеждами. Дубровина-рассказчик еще и замечательный художник, пишущий как портреты, так и пейзажи посредством слов. В этом нарисованном автором, но реальном мире и живут ее персонажи.

Книга рассказов Елены Дубровиной интересна с той точки зрения, что за годы жизни в Америке писательница постепенно перешла на английский язык, сохраняя, впрочем, за собой статус «двуязычного» автора. Можно сказать, что она в литературе идет «набоковским» путем. Суть которого, если в двух словах, в том, что с одного языка на другой писатель переходит постепенно, по причине эмиграции. Лексический запас русского человека, долгое время живущего за рубежом, «истончается», и переход на другой язык видится закономерным следствием многолетнего жизненного процесса. При этом писатель, отважившийся на переход, проявляет недюжинную честность по отношению к своему читателю. В «новом» языке он сильнее, разнообразнее, свободнее. Точнее. И потому – Елене Дубровиной, как и когда-то Владимиру Набокову, проще теперь написать по-английски – и затем самой перевести произведение на русский. Писатель, долгое время живущий за границей, привыкает думать на иностранном языке. И происходит, как говорят шахматисты, рокировка: писать становится удобнее на том языке, на котором чаще мыслишь.

ПОТРЕБНОСТЬ ЛЮБИТЬ КАК ЭЛИКСИР МОЛОДОСТИ

У меня складывается впечатление, что Елена Дубровина пишет свои рассказы циклами. Рассказы Дубровиной словно бы объединены – нет, не одной темой – одним мотивом. Можно даже говорить о «подборке рассказов», как мы говорим о подборке стихов, заранее предполагая некоторую цельность. Память человека не хочет принимать возрастные изменения в себе самом, а потребность любить ей в этом потакает. Мы ощущаем себя в душе такими, какими запомнили себя в расцвете сил, и по-прежнему думаем, что, как и прежде, для нас в жизни нет ничего невозможного. Вот и героиня рассказа «Зинаида Ивановна» живет ожиданием и предвкушением будущего. А как жить дальше, с мыслями, что все лучшее уже позади? Многие мастера прозы используют в своих произведениях «символ правдоподобия», и Елена Дубровина здесь не исключение.

В чем же заключается подобный принцип? Писатель «намекает» на сходство своего героя с каким-нибудь историческим персонажем. Но контуры схожести тут же размываются непохожими чертами и поступками. Например, в героях «Зинаиды Ивановны» легко заподозрить чету Гиппиус и Мережковского, но, по мере развития действия, понимаешь: это не совсем они. Писательница создает собирательный образ, в котором незримо присутствуют, безусловно, и упомянутые мною выше русские писатели. Но… как шутил Пушкин, «всегда готов отметить разность между Онегиным и мной». Художественные произведения никогда не являются в полном смысле биографическими. Но «узнаваемость» героев словно бы подтверждает подлинность произведения, и ее нельзя недооценивать. В то же время, герои словно бы «дублируют» разные эпизоды из жизни своих прототипов.

Однако вернемся к Елене Дубровиной и ее Зинаиде Ивановне. Многие «счастливые» семьи годами держатся на том, что один из партнеров любит, а другой позволяет себя любить. Они даже вырабатывают для себя какой-нибудь ритуал, поддерживающий их реноме счастливой пары. Так, например, Зинаида Ивановна и Андрей Михайлович каждый день, кроме субботы, прогуливались по ночному Парижу, и со стороны могло показаться, что в мире нет людей счастливее их. Невзирая на подлинную ритуальность подобного поведения, оно скорее наводило мысли об одиночестве вдвоем.

Но…. в Зинаиде Ивановне издавна была заложена (жизнью? характером?) некая внутренняя программа. Она заключалась в потребности любить и постоянном обновлении этой потребности. Между пушкинским «пришла пора, она влюбилась» и тютчевским «о ты, последняя любовь, ты и блаженство, и безнадежность» не обязательно должна быть большая временная дистанция. Для последней любви тоже случается, что «пришла пора». У Зинаиды Ивановны это — дерзновенная попытка выйти за пределы своего возраста. Темы одиночества и творчества на чужой земле – главные в этом рассказе, переданы они с грустной иронией, герои – подчас комичны, но все еще ищут любви и счастья.

Драма Зинаиды Ивановны заключается в том, что она… не успела. Ее возлюбленный, Жорж Минин, мог покончить с собой в любой другой день, а не ровно в тот, когда она почувствовала к нему неодолимое влечение. Я думаю, Минин вообще не был способен к любви, иначе мысль о любви затмила бы в нем мысль о смерти. Наверное, он позволял женщинам себя любить, скорее, из физиологической потребности, нежели из душевной расположенности, и не делал между ними сколь-нибудь ощутимой разницы.

В этом рассказе, как и в некоторых других, автор вносит в прозу элементы поэзии. Одиночество персонажей многолико; для людей творческих это – еще и невозможность творить на чужой земле. «В такое неопределенное время, когда жизнь на чужой земле каждый день превращалась в борьбу за выживание, творчество становилось той необходимостью, когда можно было замкнуться в себе, уйти от повседневных забот. Именно поэтому, во время этих зимних холодных вечеров, этот маленький остров страстных дискуссий и чтения любимых стихов наполнял теплом и надеждой их холодные сердца и снова вселял желание творить, писать стихи, философствовать, продолжать жить и надеяться на скорое возвращение».

То, что в юном возрасте дается легко и не ценится, в постбальзаковском возрасте дается ценой неимоверных усилий и не всегда приносит результат. Зинаида Ивановна мало того, что пошла на открытую измену своему многолетнему супругу, она еще и тайком украла у него золотые часы, чтобы основательно прихорошиться. К сожалению, молодость не покупается и не возвращается надолго. И, конечно, незамедлительно следует расплата, такая, что мы даже начинаем сочувствовать бедной женщине, несмотря на ее обман. Елена Дубровина виртуозно, по-набоковски, без нажима, без акцентировки и лишних слов описывает тихий уход из жизни своей героини. Удивительно, но, когда жена ему не открыла дверь, муж почувствовал себя почти счастливым и даже не подумал о том, что с ней что-то могло случиться. Ничто так не потрясает воображение читателя, как одновременность счастья и горя, в одной и той же жизненной ситуации. Но, конечно, диапазон проблематики этого рассказа гораздо шире.

ДВА ДАРА ЕЛЕНЫ ДУБРОВИНОЙ

Мир всегда существовал в экзистенциальном пространстве, просто до Сартра и Камю он об этом не знал. Рассказы Елены Дубровиной экзистенциальны: их герои, когда почва ускользает из-под ног, пытаются выжить, ухватившись за соломинку-человека. А то и сразу за несколько таких соломинок. Рассказывая о прозе Елены Дубровиной, нелишне напомнить, что в последние годы она пишет рассказы на английском языке. Если человек основательно владеет несколькими языками, не имеет особого значения (с точки зрения художественности), на котором из них он решил писать в данный момент. Но для произведения, наверное, будет все-таки лучше, если автор напишет его на том языке, который для него более «активен». Поэтому «два дара Елены Дубровиной», выведенные мною в подзаголовок, безусловно, прочитываются и в чисто лингвистическом понимании ее творчества. И все-таки под «двумя дарами» я имел в виду нечто другое. У Елены Дубровиной двойной дар — рассказчика и драматурга. Эти два больших дара и делают ее рассказы столь впечатляющими.

Автор «беспощаден» к своим героям. Это, конечно, не означает, что он будет нарочно их «убивать». «Нас не надо жалеть — ведь и мы никого б не жалели». Под авторской беспощадностью к героям скрывается правда жизни. Возьмем, например, рассказ «Бегство». Билингва дает возможность лучше прочувствовать нюансы. «Эскапизм» — это еще и бегство героини от самой себя. И внутренняя эмиграция, может быть, сильнее внешней. Мы видим странную диспозицию: духовно муж Барбары ей близок, не случайно рефреном в произведении постоянно звучат его стихи. Стихи мужа звучат даже тогда, когда героиня ему изменяет: они в чем-то отражают ее внутренний мир. Почему же тогда она предает этого человека в самый важный жизненный момент? Писательница виртуозно ведет партию своей героини. Ее поступкам веришь, ее характер последователен в своих метаниях. Барбара хочет в кризисную минуту опереться на крепкое мужское плечо, но в лице мужа такого плеча не находит. Более того, муж сам, кажется, нуждается в плече, чтобы на что-нибудь опереться. И такую опору ему до поры до времени дают стихи, которые он сочиняет, эти дневники его жизненной несостоятельности. Но, когда жена ему изменяет, он пускает себе пулю в лоб.

Пройдет некоторое время, и Барбара многое поймет…. Конечно, она поддалась мимолетному чувству. Ответила на мужской зов, и только потом поняла, как духовно пуст ее новый возлюбленный. Ей нужно было через это пройти, но Збигнев (муж) перенести ее измены не смог. Елена Дубровина тонко передает оттенки любви-ненависти. Отчего душа все время что-то ищет? Почему она так легко переходит от любви к ненависти, от плюса – к минусу? Мир, опаленный войной, колеблем. Он пошатнулся, его несет ветром, подобно кораблю, на котором плывут герои рассказа. А в шаткости мира люди ищут опору друг в друге, чтобы выжить. Они плывут… в Рио-де-Жанейро. Какая ирония по отношению к Остапу Бендеру, так мечтавшему попасть в этот вожделенный Рио!

Перенесенное горе (гибель сына) потрясло Барбару, и она окончательно потеряла душевные ориентиры. Если раньше, видимо, причуды мужа уравновешивались заботой о сыне, то с потерей сына общая гармония в семье разрушилась. Збигнев тоже оказался «без вины виноват», но кто-то же должен был, по женской логике Барбары, понести за гибель сына наказание! Вот Збигнев и оказался крайним. Конечно, никто не мог ожидать, что он покончит с собой, не ожидал этого даже сам Збигнев! Мы видим «переворачивание» вины – с одного невинного человека на другого. Так бывает. Человек не может принять трагическую ситуацию – и ищет виновных. «Никто не виноват, что вновь пришла зима. Лишь люди вечно ищут виноватых», — вспомнились мне строчки замечательного поэта.

Рассказ «Бегство» написан сочной стихопрозой, смыкающей повествование в единое целое. Это очень сложно в драматическом произведении – чередовать стихи и прозу, так, чтобы поддерживалась напряженность повествования. Елена Дубровина пишет стихи от мужского имени – это уже драматургия высокого полета! Чередование прозы со стихами – символично, оно качает на своих волнах корабль судеб героев рассказа.

Рассказ «Франческа» – маленький лирический шедевр. Он всколыхнул в моей памяти глубокие и величественные рассказы Анри де Ренье и даже «Жестокие рассказы» Вилье де Лиль-Адана. В конце рассказа героиня повторяет судьбу Анны Карениной. Но если у Льва Толстого такой способ самоубийства – все-таки экзотика, поездов в то время ходило мало, и нужно еще было умудриться попасть под поезд, то Франческа бросается под тот же поезд, на котором приехала.

Вообще, все повествование происходит в закрытом пространстве, в вагоне поезда. Драма возникает там, где третьи лица врываются в гармонию двоих и ее разрушают. Маленькое дуновение ветерка — и бывшие в пяти минутах ходьбы от счастья герои в одночасье становятся несчастными. Причем — все. Любовь не умеет делиться собой с другими. И больше других в проигрыше оказывается самое беззащитное существо — в данном случае Франческа. Даже если она сама невольно разлучает других. Более сильная женщина — Лина — выживает и растит ребенка от любимого человека. Душевная травма, полученная Франческой в младенчестве, подточила ее внутренние силы. Она попыталась найти прибежище и успокоение в живописи, ведь ее мама так хорошо рисовала. Но не почувствовала, в отличие от матери, себя призванной к художничеству. Беззащитная, она пытается ухватиться за Густава как за соломинку. А он… нет, он не предает ее. Это он наговаривает на себя в порыве самобичевания, будто предал. Просто когда две женщины оказываются в одном пространстве с одним мужчиной, ничего хорошего не жди. Женщина видит другую женщину, и в этой ситуации объяснить ничего нельзя, зрительный образ соперницы побеждает любые слова. Люди ведь никогда не думают, что от их поступков им самим впоследствии будет нехорошо.

Франческа — очень редкий, необычный женский характер. Не случайно портретист-виртуоз не может написать ее портрет. Она напоминает тихий омут, в котором водятся черти. Спокойная, она порой вспыхивает изнутри нежданными порывами души, неподконтрольными даже ей самой. По своей природе она склонна сгущать краски — там, где, может быть, стоило бы просто подождать. Однако не зря великий Сократ высказывался в том духе, что характер человека — его демон. Мы не можем поступать в предложенных жизнью ситуациях иначе, нежели заложила в нас природа! В вариативности поведения Франчески прослеживается, тем не менее, некая последовательность. В критических ситуациях она действует непредсказуемо. Поэтому, когда неожиданно случается «дежа вю», и она видит на перроне, спустя много лет, свою давнишнюю соперницу, Лину, она уже не владеет собой. Франческа еще раньше решила, что разрубит окончательно этот гордиев узел, здесь и сейчас. Она только не знала, как она это сделает.

Героиня Елены Дубровиной не случайно переодевается из черного платья — в красное. Это — такой «женский символизм», вкрапления которого украшают рассказ. Не будем забывать, что Франческа – художница. И ее возлюбленный – тоже художник. И не случайно они используют для объяснения язык цвета. Красный – означает готовность на все. Я думаю, современные люди читали «Анну Каренину». Или даже смотрели в кино. Поэтому они помнят, на уровне подсознания, что существует и такой способ свести счеты с жизнью.

Елена Дубровина – блестящий психолог. Все действия ее героев, до мельчайших подробностей, жестко мотивированы и объяснены. Они не могли поступить иначе! Есть какая-то железная логика в том, что все происходит именно так! И трагедия финала – к сожалению, закономерна. Иной исход был бы попросту неправдой, недостоверностью, на которую уважающий себя автор пойти не может. Спасибо Елене Дубровиной за ее авторскую бескомпромиссность.

Александр Карпенко, Москва, Россия